除了高考，
人总该为自己的青春
做点儿什么……

带我走……

90后的抗日纪念碑

钟 声 —著

人民文学出版社

图书在版编目(CIP)数据

带我走:90后的抗日纪念碑/钟声著.—北京:人民文学出版社,2012
ISBN 978-7-02-009192-8

Ⅰ.①带… Ⅱ.①钟… Ⅲ.①抗日战争—历史—研究—中国 Ⅳ.①K265.07

中国版本图书馆CIP数据核字(2012)第093600号

责任编辑　付艳霞
装帧设计　刘　静
责任印制　王景林

出版发行　人民文学出版社
社　　址　北京市朝内大街166号
邮政编码　100705
网　　址　http://www.rw-cn.com

印　　刷　中国农业出版社印刷厂
经　　销　全国新华书店等

字　　数　166千字
开　　本　880×1230毫米　1/32
印　　张　7.125　插页2
印　　数　1—10000
版　　次　2012年6月北京第1版
印　　次　2012年6月第1次印刷

书　　号　978-7-02-009192-8
定　　价　25.00元

如有印装质量问题,请与本社图书销售中心调换。电话:01065233595

序言一

纪连海

不管您是否看上、是否想买这本书,客观地说,一提起北京师大二附中,想必诸位最为熟悉的,就是俺纪连海了——毕竟经常在各级各类电视节目中经常出现,也算是混个脸熟。再问您还熟悉北京师大二附中的什么呢?但凡在北京的朋友,都会知道北京师大二附中的文科实验班,都会说上些诸如"了不起,北京师大二附中文科实验班的学生真是了不起,全北京市无人能比"之类的话语,也让身为北京师大二附中一名普高中历史教师的我颇感自豪。

可是,我的这篇小序却是为了北京师大二附中国际部的一个学生的作品而写的。

您会有疑问了吧?就因为您在那里教书?就因为是您的学生?您就不论该人的该部作品质量如何,就乱推荐一气?

这回您可大错特错了!

我在北京师大二附中国际部任教不假,钟声同学是我的学生也不假。可我要告诉您的是,我是先认识了这个名叫钟声的学生,后来才教到了钟声同学!

而让我能够一次就记住这个孩子的名字的,是他所从事的事业——注意,我在这里,用的是"事业"一词——但凡对我有所了解的朋友,都知道,在我的眼里,"事业"是个什么概念!

就是这个名叫钟声的孩子,在2010年暑假,与他的父亲一起,驱车从北京出发,最后在云南腾冲界头乡戴安澜将军遗体回国路线上,为1942年赴缅作战的中国远征军在野人山阵亡的5万名中国军人树立了一块纪念碑。这块纪念碑的署名是他的初中母校的全体师生——北京第161中学全体师生。

与此同时,他们父子二人还在同一个地点,为抗战期间"驼峰航线"上牺牲的美国军人树立了一块纪念碑——因为,这里曾经是驼峰航线的一支分航线。这块纪念碑的署名是他的高中母校的全体师生——北京师大二附中全体师生。

而立碑的所有费用,都是钟声同学一个人从小到大积攒了15年的压岁钱!

您去过云南腾冲界头乡么?您看到一个孩子用积攒了15年的压岁钱竖立起来的纪念碑了么?您知道中国远征军赴缅作战么?您了解野人山上的慷慨悲歌么?您可曾经为"驼峰航线"上牺牲的美国军人感动过么?

不说您了,您想知道,这个名叫钟声的孩子,在这一路上的所见所闻所感么?

您会为这个名叫钟声的孩子而感到骄傲和自豪了么?

不知道您的答案,我,反正是率先被感动得稀里哗啦的!

这回,您就知道,我纪连海,是怎么进步的了吧?

就是因为在我的眼皮子底下,有着一个个类似于钟声这样的孩子!

钟声,我为你骄傲! 钟声,我为你自豪!

这只是我的一点儿感觉而已。不知道拿起本书的朋友们的感觉如何呢?

真的不能再写了——因为,我写的序已经超过一千字了——只写千字文,是我写序的规矩。

是为序。

序言二

方 军

认识小钟是在一次采访见面会上。从上海来的"抗日杀奸团"和从天津来的"抗日锄奸团"的老英雄祝宗梁老先生和刘永康老先生,虽然我采访过,可是,李明晖先生叫我去见面,我仍然受宠若惊。

天赐良机呀!抗日战争胜利67年了,再见到哪怕是一位参加过抗战的老英雄,都是苍天和大地给予的恩赐。

我的工作单位是中国人民抗日战争纪念馆研究部。所以,我关心抗日战争历史完完全全是工作使然。我同时,是中国作家协会的作家。以报告文学的采访方式,记录、采访亲历抗日战争的老战士,是我的写作源泉。

在这个见面会上,我见到了抗战老英雄,也见到了很多老朋友。同时,我见到正在读高二的学生小钟。小钟给我的印象很好,小伙子阳光帅气、朝气蓬勃,还特别有礼貌。

通过关爱抗战老兵网的李明晖介绍,我才知道了小钟也是抗日战争历史的研究者,并且,小钟父子两个开车去了中国云南滇西抗战的旧战场!还带去了两个纪念碑!

前面,我说过了,我的工作单位是中国人民抗日战争纪念馆的研究部。我在抗日战争历史的万千书卷中、万千老照片中的"游荡"是工作。而小钟作为一个高二的学生也如此关心国家的历史,祖国的命运,这就让我肃然起敬起来。

我后来了解到,小钟的爱国情结和他父亲的教育有直接的关系。小钟的父亲也在日本留学过,也采访过侵华日军老鬼子。而且,

老钟常常给小钟讲我们中国人自己的历史；讲我们中国在抗日战争中战火纷飞、硝烟弥漫、血雨腥风、尸横遍野的场景，和我们中国军队无畏列强、前赴后继、英勇牺牲的经历。所以，才形成了小钟今天的思维状态。

我很赞赏小钟的爱国情结和他干过的爱国主义行为。我认为，一个民族不关心自己的历史，不热爱自己的抗战老兵，这个民族就没有希望。

毛主席曾经把青年比作"早晨八、九点钟的太阳"。毛主席还说："希望寄托在你们身上。"作为60岁的人，我希望高中生小钟再接再厉、奋勇向前。因为，对于小钟来说，生活，刚刚开始。我曾经在日本留学多年，我在国外的体会是：

"我们中国人不热爱我们中国人，谁会爱我们中国人？"

小钟关心抗日战争历史，关心中国远征军的流血牺牲经历，关心祖国的命运，无疑，这是最为难能可贵的，是最大的爱国主义精神。

小钟！加油！

目 录

世上真的有天使 ………………………… 001
《远征》 …………………………………… 004
被关上的大门 …………………………… 006
穿越中国之畅想 ………………………… 008
北京南天门·古北口抗战 ……………… 012
日本老鬼子纲代春吉 …………………… 015
南京大屠杀——中国人心里永远的痛！………… 018
初识珂天德 ……………………………… 020
碑文的撰写 ……………………………… 022
90后纪念碑 ……………………………… 024
2010年7月16日10时北京出发 ……… 027
老鬼子的相册 …………………………… 029
山西血战 ………………………………… 031
最后的武士 ……………………………… 033
黄河颂 …………………………………… 038
雪耻中条山 ……………………………… 040
老鬼子的战争总结 ……………………… 043
帮老鬼子揍小鬼子 ……………………… 046
秦岭 ……………………………………… 048
逃离绵竹 ………………………………… 051

四川，四川	055
"善良"的日本人	058
金三角的阿荣	061
中国没有"靖国神社"	064
我不是愤青	068
日本年轻人和中国年轻人	070
云之南	075
"美丽的教堂"	078
正义与生命	082
缅甸野人山	085
腾冲	090
国殇墓园	092
真正的松山战役	096
孙立人与美国教育	100
中国军队与奥数	103
飞虎队的牛仔们	106
《答田岛书》	108
威廉·芬德利	111
大国的胸怀	113
感恩的心	117
《梦想和你一起飞翔》	120
向对手学习	125
告别腾冲，带"我的团"回家	128
惠通桥边"脱胎换骨"	133
汉奸	135
洗笔三峡水	140

老爸留日的艰苦 ················· 143
1943年中日万人大械斗 ············ 145
《虎贲万岁》 ···················· 150
逃跑的武士 ···················· 152
听老爸讲那过去的事情 ············ 155
日本的猴哥 ···················· 158
抗战家书 ······················ 164
台湾同学小蔡 ·················· 169
大阪窝囊废师团 ················· 171
在武汉我赢了一箱可乐 ············ 173
一只再次转世的"猴子"——悟空 ···· 177
中国紧急救援联盟——蓝天救援队 ··· 179
生命在泥泞里爬行 ··············· 182
自由 ·························· 185
信任的眼光 ···················· 187
生命与死亡 ···················· 189
可爱中国救援犬联盟 ············· 191
坑爹 ·························· 195
发向全世界的求救信 ············· 199
废墟上 ························ 201
附录一：父辈们的旗帜 ············ 202
附录二：抗战结束后中国大陆纪念抗战
　　　军人与遗址纪念馆(碑、墓)地点 ··· 209
附录三：被击毙的日军将领 ········· 213
代后记 ························ 216

世上真的有天使

1995年7月14号一大早,老爸老妈抱着我来到北京阜外医院心外科,坐在候诊室里等着给我做"开塞露"。再过两个小时,就准备给我做手术了。他们不知道五个小时后我会怎么样,对他们来说意味着什么。这天我六个月大。

我出生三个月后的一天,老爸老妈带着我去北京儿研所做幼儿例行检查。一个女医生听完我的心脏说:"啊呀,这孩子有先天性心脏病,还很严重,得马上做彩超!"

医生确诊我是室间阁缺损1点2厘米(每个人拳头的大小就是心脏的大小)。姑姑拿着确诊书和爷爷去了一个当时号称"中国心外科第一刀"的医生家。第一刀出了不少主意,很仗义地说:"我虽然老点儿,但如果你们信任我的话,我可以上台!不过,现在中国心脏界有个武功很厉害的后生,很是了得,叫刘迎龙。如果你们能找到他的话,他应该是最好的人选!他在阜外医院心外儿科。"

刘迎龙医生看完所有的检查材料,道:"必须做手术,否则这孩子过不了一岁!"靠,这下玩笑开大了!我刚来到人世间三个月,上帝就和我开这样大的玩笑?!

肺动脉高压挡在我们面前,由于血直接流进肺里,肺就像个装了水的气球,非常危险,随时都有爆炸的危险。手术前我不能感冒受凉,不能拉肚子,总之不能掉一点儿链子。医生说,只要肺动脉正常就立刻手术!

漫长的等待……6月的北京天气越来越热,奶奶和姥姥全力照顾我，全世界就像等待D日一样静静地等待手术的时机。全家十几口人，就这样等待了一个月的时间！用老妈的话说，心永远在他们嘴边上，不知道明天是什么情况，除了等，等，等，没有别的选择！

肺动脉高压消失，机会终于来了！刘医生确定7月14日手术，钟声我是第一台！全家人开始骚动。最慌的是奶奶，最心急的是姥姥，爷爷告诉大家沉住气，姥爷嘴上说没事，可是老爸从他眼中能感到不知所措！姑爸问钱准备好了吗。最忙的是姑姑，她给北京血液中心打电话求人，要最好、最安全的血浆！凌晨三点2000cc血浆送到阜外医院。1944年的D日只有6小时时间，而我的D日只有5小时的机会！

7月14日早晨8点，候诊室的门打开了，我看到了一束光，和我十五年后在高黎贡山上看到的光芒一样温柔！那光芒带着老友威廉·芬德利缓缓走进了"美丽的教堂"。而现在，我看到的光芒里，缓缓柔柔地环绕着一个美丽的天使，天使微笑着从妈妈怀里接过我，把我的脸贴近她的面颊，用她那天籁般的声音对我说："来吧宝贝，让妈妈休息一会儿。"

在彩虹般的天堂里，春秋战国的智慧树下，我聆听孔子与庄子讨论"仁与人"，记录着叔本华和尼采"生命与存在"，在大英图书馆里我作为证人，看亚当·斯密与卡尔·马克思打赌2008年世界金融危机是不是会爆发。这时，天使弯下腰亲吻了我的脸，依然用她那天籁般的声音对我说："好了孩子，回去吧，去做你应该做的事情。"

生命！我拥有了两次生命！老爸说我运气的是遇见了中国心外第一刀，而我说我遇见了天使，遇见了神明！这样的好运今后将一直伴随着我。我的身体与常人没有什么不同。在穿越中国回来的路上，我认为我比那些没有做过手术的同龄人还要强。我穿越过生死，我也穿越了历史。我觉得天使给我的吻,应该是有代价的。她的吻暗喻着一种责任。她的话总在我脑海出现:"孩子,去做你该做的事情!"

好!那我就去做该做的事情!

《远　征》

咱们中国有个小升初,非常残酷,所有孩子小学毕业后都要经历。要考很多的试,什么奥数、语文、英语等等,有的学生还要出示各种奖状。而且我告诉你,区级比赛根本就拿不出手。有的好学校的补习班一上就是几年,再经过考试才可以确定你能上这个学校。很多同学准备不足,结果所上的中学并不理想。

从三年级开始,妈妈就带着我上一个北京市重点中学的补习班,在六年级最后录取考试中我以第12名考入这所中学。幸运的是我没考语文、英语,只考了自己喜欢的数学。因为那年全北京都在查各学校的入学考试,结果谁都怕被查到。我幸运地躲过一劫。哎,你说我怎么这么幸运?!哈哈。

那时老爸带着一群工人在哈萨克做工程。他每次去时都带很多书,回来再放下,走的时候再带上新的。有一天,我从那些书里拿起了一本叫《远征》的小说。就是这本书改变了我的人生路,让我走进了我们中国的抗战历史。书里的主人公是抗战时期中国远征军的一名士兵,叫岳昆仑。他随部队开赴缅甸与日本军队打仗,后来在战争过程中与另一位日本军人成为绝命对手!双方都是狙击手——一个是职业军人,一个是职业猎人,都为了各自的荣誉而战,他们超越了死亡,超越了国境,最后为了杀死对方,两人都脱离部队展开了一场生死狙击!

从书中的描写我爱上了岳昆仑,到最后我都变成书中的主人公了。在缅甸的密支那火车站,在中国的怒江边,我和那个日本军人展开了亡命搏杀！从书里,我也学会了等待,等待机会的出现,因为敌人也在等,我们彼此都只有一次机会……

那年,中国又出了一本书叫《我的团长我的团》,电视剧也同步上映。我看了N遍。我再次陷入那场战争。我总是穿梭在那些中国军人的身边。我喜欢他们,我爱他们:龙文章、迷龙、不辣、阿译、老兽医、孟烦了、老麦、全民协助、康丫、豆饼！我沉浸在与他们在一起的快乐中,慢慢地他们里的有些人开始离开我的视线。他们战死了。

抗战时期中国远征军战士

他们战死在异国他乡。他们回不来了。他们的灵魂在异国他乡飘荡。他们死了还在那里"征战",因为那里不是他们的故土！

老兽医升天的时候,我不由自主喊:"不要！他不能死！"豆饼滑下山崖时,我把手中的铅笔折断了,他"回家"的时候只比我大两岁！我记住了那些地名:缅甸野人山！云南松山！南天门！

从那时起,放学后我就开始翻阅抗战书籍,观看历史视频。突然发现,我们的历史教科书里完全没有这些内容,身边知道那段历史的人也少得可怜。历史有的时候是被人的意志左右的,是"被人任意打扮的小姑娘",我们被屏蔽了！按现在的话说:那段历史被黑了！

一个奇怪的念头占据了我的脑海——是历史把我骗了,还是我被历史骗了?作为一个中国人,我应该知道我们中国的历史,不管是光荣的还是耻辱的。我是一个中国的90后,我有权利知道历史的真相！我拼命学习奥数、钢琴、绘画,我也愿意拼命学习历史！

# 被关上的大门

作为那些中国军人的后人,我们可以为他们做些什么?我们能够为他们做什么?《我的团长我的团》里,龙文章在法庭上怪声怪气地与那些中国鬼谈话——他埋汰他的师座,他告诉他的师座:那些战死的中国军人的鬼魂在怒江上飘荡,他们要回家!作为军人,他们使命结束了!他们战死了!按孟烦子的话讲,在座的都听懂了,可是他们的师座却没有听懂……(无语)

我告诉老爸,我想去看看龙文章说的那个南天门。我本来想给他们种一棵树,可是南方漫山遍野都是树,我怕以后会找不到自己种的。于是,我跟老爸说,南天门和野人山到现在还没有一块纪念碑,那些中国士兵的鬼魂还在那里游荡,70年过去了,他们该累了。让他们别再瞎跑了,咱给他们立一块纪念碑吧!龙文章的话我听懂了,可我不想跟他似的再叨叨那句话了:"走啊,我带你们回家!"我只想给他们的灵魂立一块纪念碑,然后说一句:"你们都回家吧!"

我和老爸的想法有了,但准备是否充实将决定行动的成败。首先从收集历史资料开始,我大面积去翻阅历史文献,剔除不真实或者虚构的故事。要给民族英雄们立碑,就应该、必须尊重历史!尊重历史上发生的光荣与耻辱!

泱泱中华五千年,我们的历史交织着耀眼的光芒和不堪回首的耻辱,就像伟大的黄河一样。她孕育了中华大地同时也给我们带来了无数次灾难,我们爱她的伟大同时我们也应该接受她的阴暗。

课余时间里,我和老爸分工开始查找历史、找寻历史的工作。对

于我来说,那是一段非常遥远又非常贴近的历史,远到我不知道什么是枪炮声,近到我身边仍然有活着的抗战老兵们。他们是谁?他们在哪里?他们为什么抗战?他们为什么隐秘在人海里?他们是否也曾含泪向我们喊出:"老子曾经和日本鬼子拼过命!"

当我们走进这扇历史的大门,就再也没有找到出去的路。一个网页一个网页地翻阅,一本书一本书抱回家,一段一段划下重点,一个人名一个人名映进脑海。草莽英雄、江洋大盗、旧日军阀、青帮洪帮、爱国青年、归国华侨、留学学生、乡绅地主、在家出家、在野下野、少林武当……群雄奋起合演了中国近代史上"江山如此多娇、引无数英雄竞折腰"的抗战悲壮大戏!

长城抗战、卢沟桥、中条山、淞沪会战、血战富金山、台儿庄、平型关、昆仑关、常德保卫战、激战雪峰山、庐山血战、随枣战役、南京大屠杀!长沙保卫战、兰封之战、万家岭、金官桥、中国远征军、野人山、松山、南天门惠通桥!

抗战时期我们到底打了多少场仗?我们到底战死了多少军人?他们的后人在哪里?他们的纪念碑在哪里?他们有纪念碑吗?我们是否太对不住他们了?我们是不是太"坑爹"了?!

穿越中国之畅想

儿子：

你好！

当我们脑海里出现这个计划的时候，我们所要面临的是一项人生中的巨大挑战！不光是肉体上，心理上、社会舆论上，我们也都将受到前所未有的巨大压力。我们所要面对的可能是无数的困难——路线错误，被骗，被抢，被嘲笑。自己计划地图（而且必须准确），自己修车，自己找食宿地点，身体出现不适，受伤，疲劳，露宿等等。

到目前为止，我还没有听说国人谁做过这样的事情。我们可能是第一人，但是任何事情，做第一人都是非常困难的。如果我们准备（心理、体力）充分的话，我们非常有可能完成我们人生的壮举。

开弓没有回头箭。一旦出发，我们就没有回头路。如果我们中途退出的话，我们将受到世人的耻笑，而且永远都没有机会再完成这次征服之旅了。我们要征服脚下的路，还要征服心灵中的胆怯和惰性。我们必须坚持再坚持再再坚持，走完这可能与不可能之路！在遇到困难和挫折时，我们要相互鼓励，就像"印地安那久司博士"（《夺宝奇兵》）父子那样，勇于探险、勇于开拓，找寻传说中的"圣杯"，向我们身体和心灵深处的健康、正气索取能量！在探索的路上开阔思路，提高人生的境界，站在人类的角度去俯瞰自己的人生，完成你由少年向青年那完美而华丽的转身！总之，你将品尝到"敢为天下先"

的苦与乐！

　　我小的时候，总喜欢做解放军，照相的时候也总是拿着一把自认为是步枪的木棍，"呼呼哈嘿"的在那里瞎比划。几十年过去了，我终于可以和我儿子一起穿上军装，脚踏校靴，背上军锹，手拿罗盘，开着国产的4驱车（"头文字D"）漂移在中国的大江南北、崇山峻岭的路上了！世人将知道，我们不是在飙车！我们是在追上昔日的抗日大军。我们要和老兵们一起斩杀斥侯！我们要舔去军刀上的血迹，为战死的老兵们立上一块石碑，并亲笔写下"壮哉抗日，强兮中华"那雄壮的碑文！

　　我们将经过河北、山西、河南、陕西、四川、云南、广西、湖南、湖北、江西、安徽，行程大概为一万多公里，用时两个月。每天大概需要开四百多公里。坐一万多公里的车都是一件可怕的事情！途中我们将到达抗战时的主要战场，不管是胜是败，计划立碑五个左右。同时我们还要到达中国的几大奇迹地——古长城，悬空寺，兵马俑，乐山大佛，都江堰。在路途中，我们还将经过尧、舜、禹、夏、商、周遗址。我们将站在岳阳楼上轻吟"先天下之忧而忧，后天下之乐而乐"，我们还将站在寒山寺高诵"姑苏城外寒山寺，夜半钟声到客船"。在长沙橘子洲头，伟人毛泽东携执钟声的手合吟："恰同学少年……到中流击水，浪遏飞舟"。伫立在壶口瀑布之旁看"黄河之水天上来，奔流到海不复回"。在奔流的中华母亲河边，你会自豪地说："我的黄河！"时光机将带你穿越千年，与东坡兄品茶饮酒笑谈赤壁英雄！再到汶川，"念天地之悠悠，独怆然而涕下"。我们朝发白帝，学两岸猿声，驾风漂轻舟，携神女相伴，一梦游三峡！快哉——江山如此多娇，引无数英雄竞折腰！

　　康熙大帝16岁亲政，杀敖拜，平三藩，收台湾！君临天下，构建中

90后的抗日纪念碑

国历史上最大版图！

钟声15岁，在世界七大奇迹之一长城上完成一天作业，也将是古今中外第一人！

钟声15岁实现岳飞诗中所云："三十功名尘与土，八千里路云和月。莫等闲，白了少年头，空悲切！"

钟声15岁成为中国民间第一个为抗日烈士立碑五座、行程一万公里的中学生，可能被提名"感动中国人物"或者"北京十大杰出青年"。（哈哈）

钟声15岁勇敢地跨越千山万水，追寻五千年中华灿烂文化足迹，并走遍大半个中国！（在北京的中学生中应该是第一人。）

钟声15岁知道天地之间自己是多么渺小，真正明白男人的心胸应该和天地一样博大。聚天地万物之能量，读华夏大地五千年之旷古奇书。抬手"九阳真经"，覆手"如来神掌"。

钟声15岁明白什么是淡定自若，什么是男人的定力，什么是浩然正气，什么是气宇轩昂，明白得到和失去都是正常，明白从从容容面对荣誉和失败，微笑与痛苦。

钟声15岁在经历过万水千山后，语文、历史水平达到新的高度。在不停地积累后写出"般若般若密"的文章来，成为"后燕京四大才子"之一。

钟声15岁因练习书写碑文，书法达到了王羲之的水平！三百年后还应该有人看我们立的碑，五百年后我们立的碑将成为古迹！那时中国人没人再写毛笔字，你的字将成为字帖供人反复临摹。

2012年北京大学内定钟声同学为新生。

2014年美国麻省理工大学向你提供全额奖学金，你赴美留学至博士毕业，论文是《外宇宙文明与狗》。

2035年钟声先生成为民选中华联邦州长。
2050年钟声先生成为中华联邦总统候选人！（后竞选失败）

父2009-5-23
于哈萨克国荒野

这是老爸当时写给我的一封信，我和老妈笑了三天。但是现在回头再看这封信，我发现老爸在忽悠我的同时，我们真的完成了一大部分，剩下的一部分让时间去验证吧。

恰同学少年

北京南天门·古北口抗战

可能百分之八十的北京人都不知道北京有一个南天门。它在密云古北口镇长城脚下的河西村北,是一条古御道上的一处山口。皇帝"巡幸热河,息饮于此",是专门供皇上歇息的地方。康熙呀什么的去承德避暑山庄都曾在这里歇脚。山口处原来有一个很大的门楼,现在就剩下地基了。

在抗日战争史上,长城抗战是重要的组成部分,但大多数国人都只知道长城抗战中的喜峰口战役,对同样发生在1933年的古北口长城抗战,却知之甚少。其实,在这里中国军人也流下了无数的鲜血。

当年,日本第8师团16旅狂飙进攻古北口长城各个要塞,旅团长川原侃直抵前线指挥作战。此时的日本侵略者完全不把中国军队放在眼里,因为在中国东北,日本军2万人追着中国东北军20万人跑。

当时驻守古北口长城的中国军队是东北军107师。107师表现出色,将日军死顶了两天,为后续部队争取了时间。随后,古北口内有了三个师,其中东北军两个师,除了兵力不支败退下来的107师,还有112师。而赶到古北口的另一个师则是中央军25师,属于中央军17军,原第4师独立旅旅长关麟征出任师长,原第4师24团团长杜聿明出任副师长兼73旅旅长,25师戴安澜任145团团长。

南天门战斗从21日上午开始,七天七夜的交战使中国军队付出了惨重代价。根据《陆军第2师长城抗战专辑》统计,仅五昼夜之内,第2师阵亡军官就达38人,其中营长2人,连长8人,士兵902人。受伤军官131人，其中营长3人，营副一人，连长11人，士兵2033人，合计伤亡3104人。加上其他各部的伤亡损失，共计五千多人。中国方面认为，日军伤亡也有五千多人。但日军战报称此一阶段总计战死74人，战伤232人，战伤者中入院后又死亡9人。其中32联队伤亡最大，战死46人，战伤114名，占了全部战死伤者的一半。

我于2010年中考后到达古北口的南天门，按网友千年猫地图的指引，并在69年前郑洞国将军留影的地点与这位昔日的抗日将军跨世纪合影留念，这也是我第一次和抗战将军"穿越"合影。69年前的郑洞国将军大概怎么也不会想到，跨过世纪，竟有一个15岁的北京男孩儿愿意追寻他们昔日的抗战足迹，而且一追就是一万公里。北京古北口的南天门就是这个"抗日长征"的第一站。

在南天门，我向昔日的抗日将军许下庄严承诺！

说起来，我们这些90后，真没有多少人知道这些抗日英雄了，倒是日本漫画的名字却让我的同学们都记住了。其实，我也喜欢日本的漫画，还有很多日文歌曲，但是这都不妨碍我去追逐我们先人的抗战事迹。就是以下这几位将军，激励我穿越中国，去云之南找寻中国人抗日的足迹！

郑洞国将军、杜聿明将军、戴安澜将军……连同那些在那个年代拼杀出来的战士个个都值得我们尊重。他们给我们留下了一大段历史故事，这故事慷慨悲壮，回肠荡气，我们应该坐下来听他们说，说说那时候我们的差距，说说那时候我们的窝囊，也说说我们怎么才能不再窝囊！

老人儿说过一句话：人的理想都是在二十岁前立下的，但是很多人长大以后就忘了——忙着挣钱，忙着恋爱，忙着拍领导的马屁。二十岁以后不去追求自己年少时的理想，以后就更没戏了。

老爸总是对我说："人活着要有理想，要有尊严，人一辈子不做几件快意人生的事,窝囊。"我从小性格就比较软,不会打架,从不骂人,也不会淘气,从没有做过出格的事情。妈妈总夸我是好孩子,楼里的爷爷奶奶都喜欢我,但是我总觉得自己少点什么。怎么说我也是一个小男人,大丈夫!我也问过老爸,为什么我不会打架?为什么我总是怕大人不高兴或者怕大人说我是坏孩子?我内心里缺少激情,缺少一种精神,缺少一股挑战的勇气。于是,老爸开始引导我走向我性格的另一面,我开始对过去说"不"!

人生完全可以自己把握。反正都是要长大的,不如现在就开始挑战,胜负都是百分之五十,我还是有赢面的。OK,开始吧!

1933年郑洞国将军在北京南天门

2010年钟声同学在北京南天门

日本老鬼子纲代春吉

2001年,老爸老妈带着我去东京旅游,那时我5岁半。在去东京的大巴上,我看着周围非常熟悉的街道欣喜若狂,心里想着蜡笔小新、哆啦A梦,还有奥特曼、七龙珠、火影忍者……

两天后,老爸带我来到一个叫秋叶原的地方。在一幢破楼前,老爸上去就拍了一下一个老头儿。老头儿惊讶地看着老爸,"哇哇"说了一大通日语。老爸指着我对那老头儿说:"八路!"老头儿哈哈大笑:"小孩八路!"

妈妈虽然和老鬼子很熟,但是仍然紧紧地抱着我说:"那个老头儿是侵略中国时的鬼子兵,他在中国住了很多年,还在中国杀过人!"

我当时非常不明白,一个老头儿怎么会去中国杀人?警察为什么不把杀人犯抓起来?而且有我爸爸在,他怎么还能活着回日本?

听见楼下"哈哈"的声音,从楼上又下来一个非常矮的老太太。她看见老爸老妈非常高兴,邀请我们进去,妈妈笑着说不上去了。他们用日语聊,我也听不懂,后来我看见老鬼子不停地给老爸老妈鞠躬,手上还有打脸的动作。这时候我老爸的表情特严肃,一直在听那老鬼子说话。五分钟后,老爸的嘴里出现了我唯一能听懂的字:"不!"

晚上在饭店里,老妈拉着我的手告诉我,老鬼子又在向咱们道歉,因为他过去在中国杀过人。他是侵略我们中国的日本鬼子。老头儿说他只是一个下等士兵,没有办法,军官命令他杀人他只能去杀!我张着大嘴看着老爸,老爸说:"我没有接受他谢罪。我只希望他能赶快去地狱报到，天堂里没有他们的位置。"老爸说这话的时候，眼睛里流露出一种让我害怕的凶光。

那是我第一次亲眼看见侵略我们国家的日本鬼子。一个真的日本鬼子！一个再普通不过的破老头儿。一个不小心摔倒在地上，我会主动扶他起来的老头儿。他的样子一直在我的脑海里挥之不去。这个老鬼子叫纲代春吉，当年隶属东京骑兵旅团，一等兵。

东京是一个我既喜欢又憎恨的城市。

1990年，老爸自费赴日本留学，在东京新宿西口的台湾料理店"夜来香"刷了半年碗后，认识了老鬼子纲代春吉。纲代春吉家住在东京秋叶原1—1—10。他开了一个送菜的小商店叫"房州屋"，他雇老爸给他开车送菜，并让老爸住在他家，工资和待遇都很好，吃住都管。这在当年留学生里是很好的工作了。老爸说从此他和老鬼子开始了一段敌非敌、友非友的生活。听老爸讲，他住进鬼子家后有两个任务：一个是挣钱交学费，另一个就是琢磨着怎么整死那老鬼子。

老爸的性格可能很像老鬼子年轻时，所以他很喜欢老爸，每天都和老爸进进出出的，还把他家的事情讲给老爸听。老爸当时为了练习日语，也就和他没完没了地聊。后来，老鬼子提到了"支那战争"，也就是中国说的抗日战争。他总是闭着眼睛，好像回忆大日本帝国曾经的辉煌。每到这个时候，老爸就会对他说："滚蛋！睡觉去！"于是，老鬼子就低着头嘟嘟囔囔地走开。后来，老鬼子就是挨骂也不走，还自顾自地开始教老爸怎么在马背上甩枪射击，怎么用掷弹筒，怎么用迫击炮。他还讲日本军人怎么一个人和五十个中国人打仗！老爸告诉他："你打的是手无寸铁的老百姓！NND，我如果有枪，我可以一个人打一百个日本人！"

老爸说，在东京有一个靖国神社，里面放着日本军队各个番号的牌位。有放在桌子上的，有挂在小树上的，每次老鬼子去都会先在大门口鞠几个躬,然后唱他们当年的军歌。这时候老爸就叼着烟、东晃西摇地像进菜市场一样,老鬼子也不敢说老爸。每次从里面出来,老爸都会对老鬼子说:"这些都是被中国人干死的吧!哈哈,SB日本侵略者!"

在靖国神社旁边有一个叫九段的地方,那里有一块"日俄战争纪念碑",上面刻满了战死的日本军人的名字。老鬼子来到这里又会唱像哀乐一样的日本国歌。老爸问:"上面哪个名字是你家的?"老鬼子就指给老爸看。是老鬼子的叔叔,是在中国旅顺打的那场"日俄战争"中战死的更老的鬼子。(两个交战国在第三个国家打仗,真是把人欺负到家了!世界战争史上都不多见!中国那时候咋那么窝囊!)每次老鬼子准备鞠躬的时候,老爸都会跑到他前面,手里拿着10日元等着他鞠躬,嘴里说着:"好孙子,给中国爷爷鞠躬!"老爸说他也不想只是调侃,但他只是一个普通的中国留学生,除了一点点记住,一点点地讲给我听,他能怎么样呢?

老鬼子说他是从中国东北一直打到南京的鬼子兵!在中国,他生活了八年,他会作中国诗,也会用中国古老的吟诗方法念诗,他会说中国话,喜欢中国所有的东西,包括我老爸,虽然我老爸整天捉弄他。

老鬼子"炮楼"——东京都千代田区秋叶原

南京大屠杀
——中国人心里永远的痛!

老爸说,1991年夏天,日本NHK电视台曾承认,亚洲战争时,当时的中国首都南京的确受到杀戮,无数平民和放下武器的军人被无情屠杀!中国方面统计的数字是30万,日本方面则一直对这个数字提出异议。

老爸曾问老鬼子:"那时你在中国的什么地方?"

老鬼子说:"在南京。"

老爸问他:"你们杀了多少人?!"

老鬼子低头说:"5万多吧。"

老爸问老鬼子:"你们为什么杀人?你们杀人的理由是什么?你的父母是怎么教育你的?你们继承的中国儒家思想是什么?"

老鬼子低头狡辩:"那时是战争。"

我老爸又问他:"是什么战争?谁发动的战争?是我们的军人跑到你们日本去了,所以你们才杀我们的平民吗?现在美国人占领着你们的国家,按照你们的理论,美国军人可以随便杀日本平民是吗?"

就这样老爸和老鬼子吵了一宿。第二天,老鬼子没有跟老爸一起去送菜。老爸早早干完活回来,又继续和老鬼子吵架,最后老爸和老鬼子打了起来!

听老爸说,老鬼子拿了一根墩布把儿要和老爸打,老爸什么东西也没拿,说:"你不是说你们一个日本人打五十个中国人吗?好!我们今天一对一!"话还没说完,老爸就把棍子抢了过来。老鬼子也不含糊,二话没说撒腿就跑……

老鬼子的儿子大郎问老爸为什么打架,老爸告诉他为过去的中日战争!大郎说:"那继续!"

这时候老鬼子已经跑出门,跑到繁华的秋叶原大街上。那时候秋叶原是亚洲最大的电器街,全世界的人都在这里买电器。结果就出现了中国伙计追打日本老板的动人一幕。

老爸追了一半发现老鬼子不见了,就回房间学习去了。一会儿,老鬼子的儿子大郎来告诉老爸,老鬼子跑警察局去了。他告诉警察一个中国人要杀他,警察问为什么,老鬼子说:"为了南京大屠杀。"结果警察请老鬼子出去!

因为怕挨打,晚上很晚老鬼子才回家,老鬼子找老爸说:"咱们不打了,我错了。"

老爸问他:"你怎么错了?做了坏事不承认,是你们日本的民族传统吗?你们日本有爷们儿吗?战争结束时你们应该剖腹自杀才对啊?!原来你们日本男人都是一群伪娘啊!"

从那以后,老爸开始命令老鬼子做事情,老鬼子乖乖地听老爸的话。出门的时候,都是老爸叼着烟走在前面,老鬼子跟在后面,而且老爸还催老鬼子:"你快点儿好不好,怎么老像个娘们儿似的……"(不知道老爸给我讲的时候,是不是吹了点小牛。)

南京大屠杀纪念馆

初识珂天德

2009年,我在北京161中学上初中二年级的寒假,学校组织去美国研学,当时我们已经有了为抗日将士立碑的想法。我所知道的中国近代史上,无数先辈都曾为了国家强大而赴国外学习,并在有生之年为国家做出了贡献:容闳、孙中山、詹天佑、马寅初、梁思成、孙立人、钱学森、邓小平、周恩来、朱德、蒋介石、刘少奇、辜鸿铭、杨振宁、林毅夫、李开复等等。据说1949年站在天安门上的"英雄好汉",有一半是有留学背景的。如果加上败退到台湾的那些,我想应该更多!我想我早晚有一天会挤进他们的行列,哪怕是站在最后或者站在最最旁边。他们累了,老了,仙去了,我就扛起"祖辈们的旗帜",直到有一天我也老去,老到其他年轻人对我说:"好了,老头儿,你休息吧,让我们扛下去吧……"

在洛杉矶的一家中餐厅,我们一群中学生在那里叽里呱啦地玩儿PSP游戏机,一个白头发的美国老头儿笑眯眯地在远处看着我们。同学说:"钟声你去问问他乐什么呢?"

我来到白发老头儿的身边,用非常标准的Chinglish和他聊了起来。说实话,我都不知道我在说什么,我想老头儿一定也不知道,但是我们一直在那里聊。我们各说各的,各笑各的。第二天我再次遇见了他,我知道他的名字叫Theodore.J.Crovello,我叫他"阿德"。我告诉他,我想为抗战时期在"驼峰航线"阵亡的美国飞行员立碑。他的眼睛一亮,我知道这句话他真的听懂了。他问我:"你确定要做这件事情?"我说:"我在准备,但是我不知道我能不能完成。"阿德还是笑眯眯地,说:"孩子,你认为对,就去做吧！没做你怎么知道你做不了呢？"是啊,我没做怎么知道我做不到呢?!

碑文的撰写

说实话,我都不知道我家的祖坟在哪里。我的血液里有四分之一的满族血统。别人家清明都去为自己的祖宗上个坟烧个香什么的,可是我家却从来没有过。只是听爷爷讲:清朝时,我家的祖爷爷是一个副总兵,后来在台湾和荷兰人打仗时战死了,所以我的祖上也应该是一个民族英雄。据说,祖爷爷的碑文是康熙爷写的,地点应该在北京大红门附近。五几年北京要建化工厂什么的了,就把坟迁走了,迁到哪里也不知道了。从那时起我家就没有可以烧香的人了。因为没有了祖坟,也没有了家谱,所以也就没有这些负担了,反正我家的祖宗不是在天上就是在地下。

说到给抗日烈士树碑,那就得写碑文。这碑文的内容和形式还真把我们爷俩儿给难住了。伟人毛泽东写的人民英雄纪念碑上的119字,涵盖了二百年;国学大师冯友兰的西南联大纪念碑碑文,忧愤慷慨,堪称雄文。反正,我们把中国历史上所有可以找到的碑文全找了个遍,连屈原的《国殇》和汉朝的蔡邕都找了。但我们还是不知道如何下笔。咱们中国在立碑的问题上还是有很多讲究的,有功德碑、纪念碑,有序、有铭、有文……把我们搞得头晕目眩。我们到底应该用哪种?用什么文体?用什么字体?

古时候因为使用繁体字,又没有电脑,所以那时候中国人说话和写文章都很简约,不像现代人。现代人要搁古代,个个都是话痨。有的人写书也是,动不动就是几十万字,让人看到后面忘记了前面。

既然是碑文,也不能是大白话,那样以后人家看了会说我们太没有水平。但也不能太文言文，一是我们水平有限，写不出来，写出来了以后人家看了还是骂我们臭转，反而会成为纪念碑的败笔。

再者，如果从1933年长城抗战写到1945年抗战胜利，把悲壮和顽强不屈全写进去，真的非常难，主要是水平不够。原来计划是写毛笔字，练习了一下发现，自己看了都想撞墙。最后决定，如果我们还要脸的话，就还是用电脑字体隶书吧。可是隶书写出来又显得比较软，不太适合，最后选定了综艺体。书写的语气还是半文半白，而且有标点符号。最后发现如果没有标点符号，效果可能会更好。

90后纪念碑

2010年7月初,有3天的时间,我和老爸都不停地在古北口南天门山上山下地转,就想找一块风水宝地,为当年抗战的中国军人立一块90后的纪念碑。附近的几个村部我们都去过,大家都非常支持我们,但是因为现在土地都已经承包给个人了,所以只能找各个承包人。可是土地和村民住宅不在一起,找到地方的时候找不到村民,找到村民的时候土地又不合适。

在潮河边,一个老汉缓缓走过来问我们:"你们这几天是瞎转什么呢?"我们把立碑的事情说了,老汉一挥手说:"跟我来!这片树林你们看行吗?"

我的神啊,原来这就叫"踏破铁鞋无觅处,得来全不费工夫"!这几天几百公里的瞎转,结果却是这么简单!我们三个人开始在树林里挑选地点。那大爷说:"土地租期还有50年,只要纪念碑建在这里,保证50年内没人敢破坏!"大爷说,他的大爷就是当年抗战时期的一个旅长,纪念抗战烈士他百分百支持!我心里那叫一个激动!约好一个星期后我们开始动工!

2009年的时候,北京南口的一位叫杨国庆的叔叔为了纪念长城抗战南口战役的抗日军人,和一群朋友制作了一个纪念碑,扛到了山上,纪念碑上写着:"迟来的丰碑"。

2010年7月10日一早,我们赶到了南天门。几位村民已经在那里等我们了。大家一起卸车,平整土地,瓦工师傅还教我看子午线——头枕大山,脚踩大川,是中国风水上说的上佳宝地。中午午时,我挖下了"90后纪念碑"的第一锹！

两天后的下午，纪念碑落成了，大家一起擦拭纪念碑，清扫台面。大家离开之后，我一个人站在纪念碑前双手合十，为那些战死的英灵祝福、祈祷，愿他们灵魂安息，愿中国所有的神仙保佑他们在天之灵，感谢他们为保卫国家所献出的宝贵生命。我心里默默地说：先烈们，中国的90后没有忘记你们！我们一定会尊重你们用生命竖起的尊严！

说起来，如果没有亲身经历，我是绝对不相信有神灵存在的。就在我说完最后一句时，天上瞬间下起了暴雨，我从没有见过那么大的雨，完全如天河决堤。我知道上天哭了！

北京南天门纪念碑

90后的抗日纪念碑

> **孔曰成仁孟曰取义惟其义尽所以仁至**
>
> 公元1933年东洋倭寇犯我长城,杀吾国民,奸吾族女,掠吾资源,恣狼心而蛮横,妄意蛇吞吾国山河。
>
> 民族遭辱,热血军民,操枪荷矛,呼啸云涌。抱必死之决心,为救长城,不惧敌枪炮数倍。为保国家,挺身枪林弹雨。坚信胜利之热望,遵军人使命之召唤;以勇为荣,以死拒耻。忠心耿耿,空前惨烈!
>
> 谁不为大义所感,忠勇所激!不惟我后人所敬佩。感恩之心敬谢烈士,望战死英灵瞑目而心宁。现失土已复,国强民安,志碑永垂。
>
> 纪念抗日战争中在此地为国捐躯的中国军民
>
> 立碑:北京市育民小学全体师生
>
> 碑文:北京市育民小学毕业生　钟声
>
> 公元2010年7月14日

这是我们树立的第一块纪念碑,是以我小学母校的名义立的,因为我认为,爱国不是一个人的事情,而是我们整个教育的事情。

2010年7月16日10时北京出发

2010年7月,我的中考分数下来了,总体讲是我的水平。上不了四中和人大附,上个普通重点还是可以的。足足忙乎了一个礼拜,最后确定上师大二附中国际部。报名那天,马骊副校长乐呵呵地看着我们说:咱们要一起学习和生活三年,不要告诉我你们都是多么有志气,有理想,吹牛谁都会,你们做出来让我看看吧!

其实他不知道,我后天就要和老爸出发了。但因为我们不知道结果如何,所以谁都不敢讲,蔫蔫地私下里准备着。我真的憋了一口气,一定要把这事儿做下来!

2010年7月16日早上,我和父母把东西全搬下楼,装进我家的"小红马"里。10点的时候我们在楼下合了张影,然后我和老爸就出发了!上车的时候我看见妈妈哭了,我现在明白那句话了:儿行千里母担忧。

"小红马"是一辆雪铁龙C2,本来是妈妈上班用的,后来妈妈在错误的时间、错误的地点与错误的人相遇了——两个不大会开车的人撞了,虽然不严重,但是妈妈说什么也不开了。就这样老爸开始改装,车顶安了一排大灯,搞了一根老汽车上的天线,挂了一面小国旗。随后我们把后座拆掉,改装了排气管,一下子"小红马"的霸气就出来了!老爸开车接老妈下班,一路上那声音像F2赛车一样,坐车里的活像两个古惑仔。按老妈的话讲:我和你爸加起来快100岁了,真是老古惑仔啊!街坊邻居笑死我们了。而且从此以后我们不用按喇叭,远远地人们就都躲开了,比警报还好使。真是"爽呆了!酷毙了!"

出了北京,我们就在G4高速上狂奔。在石家庄环城路上吃了一碗面之后,没多远就开始进山了。道路开始变窄,无数的重型汽车与我们并行。我拿出雅思单词书开始背单词。我和老爸约定,每天的任务是看地图和背100个英语单词,而且不能糊弄。没有多久就进了太行山,在这里我想起小学课本上的《狼牙山五壮士》,但是不知道具体是哪座山。据说在"文化大革命"时,一位红卫兵小将问五壮士之一的幸存老兵:你说你从山上跳下来的,谁能证明?如果没有人证明,你现在再跳一次给我们看看!

汗!

担起江山——太行山上

老鬼子的相册

老爸一边开车一边说他在日本留学时的故事。老爸说那老鬼子被整服了以后，他们俩又成了哥们儿。老鬼子又开始跟屁虫一样地跟着老爸瞎跑。他们开着一辆破皮卡，满东京乱窜。老鬼子在东京的千叶县有一个四层的大楼，都租出去了，所以每礼拜日都要去看一下。每次到千叶县，老鬼子都和老爸商量，让老爸走在他后面，要不然他太没面子。老爸答应他说："行。但是离开这里你还得走后面！"老鬼子愉快地同意了。

每次在千叶县吃完午饭，老鬼子都会拿出一本相册给老爸看。也就是这本相册闹得老爸后来非常遗憾，后悔当时没把它偷回来。那是老鬼子侵华时在中国的所有照片，从戴着东北的狗皮帽子一直到中国南方他光着膀子。一开始老爸还看看，后来只要老鬼子一拿出来，老爸就说："下次不来了！"老鬼子就只好收起来。但是从老鬼子的表情上看，他还是非常怀念那段历史，不知道是怀念侵华时光还是怀念他年轻的时候。但是有一点可以肯定，中国这块大陆对于日本人来说，太有吸引力了！他们没有忘记这块大陆，他们的骨子里仍然念念不忘！

老爸又开始想法子整老鬼子。老爸说咱们是八路的后代，不能把八路的传统丢了。老爸发现老鬼子一上车聊一会儿就睡觉，老爸想："行啊，当年的八路就是鬼子睡着了的时候，我们再出动收拾你们的！"那么现在老鬼子睡着了，就可以用同样的方法整他！

老鬼子像往常一样和老爸聊了一会儿，过一会儿就开始打盹，老爸一看时机到了,调头就向反方向开。老鬼子醒了问:"到了吗?"老爸说:"没有,你睡吧,到了我叫你!"老鬼子继续睡。老爸继续开。

老鬼子终于发现不对了,问老爸:"这是哪里?"

老爸告诉他:"我们到北朝鲜了!北朝鲜人民欢迎你!"

老鬼子吓疯了!老爸乐疯了!两个敌人坐在地上哈哈大笑。

老鬼子说:"八路太坏了,真的太坏了!"

老爸告诉他:"咱们这只是开始,好戏在后面呢。"

于是,老鬼子再也不敢睡了,一个路口一个路口给老爸指路,最后他们终于离开了朝鲜边境,到了老鬼子千叶县的别墅。老鬼子再也扛不住了,睡了。老爸趁着老鬼子睡觉的功夫,把老鬼子心爱的那些花花草草用水全浇死了。

老爸说,那时候他年轻,主意也多,没少折腾老鬼子。冷静下来,他对老鬼子的情感很复杂。想到他侵华就恨他入骨,恨不得跟他决斗;但在平时的生活中,又似乎相处得还不错。

山西血战

进入山西,老爸一边开车一边说:抗战时期,我们在山西打得非常悲壮。从晋北开始就是血战,然后是晋中血战,再到晋南的中条山战役。从开始我们想把日本装进口袋,到最后我们溃不成军。

棋在局外。从我们准备保卫山西开始,就选错了敌人进攻的方向。大会战前,日本进攻方主帅冈村宁次曾经以拜佛的名义骑驴把山西看了一个遍,然后才确定进攻山西的作战计划,其路线和元朝时候忽必烈进攻南宋的路线完全一样。日本侵略中国的准备可不是一朝一夕的事情。

1937年8月,中国工农红军完成整编后,一方面军第一、第十五军团和陕南红军第74师改编为国民革命军第八路军第一一五师,林彪任师长,聂荣臻任副师长。他们带着一群穿着短裤的一一五师将士渡过风陵渡,在平型关以北的老爷庙附近一个叫做乔沟的地方潜伏了下来。这是日本运输车队的必经之路。从军事角度上看,乔沟的地形很适合伏击。大雨中的黎明一片漆黑,八路军战士们都很清楚,他们今天将要在这里打一场埋伏。当日军运输大队全部进入伏击圈,一一五师师长林彪下达了战斗命令。但虽然战士们做了充分的准备,虽然我们占尽了有利地形,可真的打起来才发现,跟他们预想的完全不一样。

我们战士的枪里只有五、六发子弹,打完三发就得上刺刀,然后就是冲锋。就这还是八路军的主力部队,其他八路军部队的装备和给养更是可想而知了。只要一冲锋,那就不是伏击战了,天时地利的优势都消失了,剩下的战斗就看军人的素质和弹药是否充足了。

按照日军作战条例规定,士兵打5发子弹必须命中3发,这时候我们的目标和被敌人击中的概率就加大了。在平型关这样师级规模的交战中,敌我伤亡比例接近1:1。但即使是这样,对那时的中国军队来说,已经是一场了不得的胜利了。

这是抗战全面爆发后中国军队第一场胜利,也是一场没有战俘的战斗。日本人把中国军队吃透了,可我们中国军队还没有搞明白日本军队是怎么作战的。而且两个武器装备相差半个世纪的军队怎么打?中国军队完全是一个被动挨打的局面,不光士兵的命填进去了,我们将军的命也填进去了。如果说甲午海战我们和日本海军实力还是势均力敌的话,那么40年后的中日两国的军事实力已经没办法比较了。我们已经为我们的落后开始买单了。可这单太贵了,花了多少热血男儿、黎民百姓的性命啊!如果我们飞机满天、坦克遍地,别说保卫山西了,日本根本就不会踏入中国一步。

在整个山西保卫战和忻口战役中,一开始就有两位中国将军郝梦龄、郑廷珍殉国,随后是刘家麒将军、姜玉珍将军沙场阵亡。那时的中国军人和将军不怂,怂的是我们国家的实力。

郝梦龄将军在决战前夕给妻子的信中说:"此次抗战,乃民族、国家生存之最后关头,抱定牺牲决心,不成功便成仁。为争取最后胜利,使中华民族永存世界上,故成功不必在我,我先牺牲。我既牺牲后,只要国家存在,诸子女教育当然不成问题……余牺牲亦有荣。为军人者,为国家战亡,死可谓得其所矣!"

穿过70年前保卫山西的枪林弹雨与战火硝烟,我们在傍晚到达了山西平遥古城。第二天从平遥城西门进城(西门不要门票),我们玩了一天。接着我们的目标是壶口瀑布。

最后的武士

阿汤哥拍过一部电影叫《最后的武士》(Samurai Nihon-ichi)，电影的原名叫《侍》，根据中国古文的解释大概是"侍卫"，也暗含着"承担"的意思。电影细节这里不说，大家可以去看。单说阿汤哥，他可以说是千年不遇的习武天才，在半年的时间里他学会了剑道、武士道和日语。星爷的《功夫》里那个"帅哥"吹了大牛才敢说自己是"百年不遇的练武天才"，然后被河东狮吼的包租婆一个巴掌来了个720度的旋转。美国人还是有一定的忽悠本事的，但是还是不如中国的星爷，星爷是一夜成佛，一掌地动山摇的如来神掌打得百年无人超越！

言归正传。老爸说日本很多地方都很像是一次性国家。日本民族给自己立了一个绝情的规矩，做许多事情都只能有一次机会，没有第二次。比如做公司你破产了，那么你别想像中国人一样什么"东山再起"，你只能去立交桥下找一块无人的地方，用纸箱子给自己搭一个"别墅"了此残生，或者远走他乡。而且你还不能回家去看你的老婆和孩子，因为你看的话很有可能法院的人会把你老婆孩子也一起轰到桥下的"别墅"里，与你共度余年。日本人认为，如果你回家看老婆孩子，那就证明你有钱藏在家里，那么你老婆也应该承担破产的责任。真搞不清日本这个规矩和理念是人性化的，还是绝育化的？日本人说这叫"kibixi"（无情），所以在日本你总会听见这么一个词——"别次别次"，就是"各是各的"的意思。

说到武士的问题，就离不开日本人的死亡观。过去的日本人认为死是很崇高的事情，也是对失败的人的一种惩罚。但中国民间却有"好死不如赖活着"的说法。中国还有一句话："好汉不吃眼前亏，该跑就跑，该闪就闪。"中国人很喜欢卧薪尝胆之越王勾践式的人物，叫这个是"不服输的精神"。可是也就是这个勾践坏了历史规矩，当夫差请求勾践能否给他一次同样的机会时，勾践真的不仗义，把夫差杀了。据说勾践和夫差的墓地离得非常近，大概也就1000米左右，不知道这哥俩在地下是不是还在打。

现在，日本的黑社会还崇尚武士道精神，依然供奉着将军的头盔和武士刀。黑社会里的人如果做错事情，基本就是日本的"东方不败"了。金庸的小说里说是挥刀自宫，靠，一下子真男人变假男人！日本人不知道怎么的，给改了。"东方不败"毕竟只有一个"小弟弟"，只能自宫一次。日本武士一算账，自己有十个指头，那么就砍手指吧。先从小手指开始砍起，犯一次错误砍一个。如果你是一个老犯错误的人，你基本就不用手数数儿了，手指头没了！砍手指头总算比过去的武士道剖腹进步了，但我还是不明白为什么做错了或者打败仗，还得把自己的肚子拉开？对，是惩罚！惩罚全世界都有，什么烧死，什么乱石砸死，什么千刀万剐、凌迟等等。但是这些都是有执行人的，被执行的人被捆在那里，吱哇乱叫地结束生命。但日本武士是自己来，不麻烦别人！据说命大的武士拉开肚子后经常是一时半会儿死不了，最长的大概三天才死。汗！不懂为什么日本人这么喜欢自虐呢？

阿汤哥的电影里，胜元将军帮助剖腹的长谷川斩首，按现在的话说是杀人犯，但是那时候长谷川还得谢谢胜元将军够朋友呢。现在的日本年轻人估计也不这样了吧，他们怎么也不会因为家长不让看漫画书，不让上网这类的事儿剖腹自杀吧！

听老爸讲，日本是一个尊重胜者的国家，极度蔑视失败者。他们怕俄罗斯怕得要死,根本就不敢向俄罗斯提什么北方四岛的要求。当时的日本首相小泉最勇敢的举动就是跑到北方四岛的外海,含着一泡泪水向过去的土地一把鼻涕一把泪地哇哇大哭,搞得所有日本人一起跟着首相流泪,颤颤巍巍地向俄罗斯提出共同开发。俄罗斯同意两个小岛可以一起开发,结果小泉首相又开始犯一根筋,坚持要开发就四个列岛一起。这下把俄罗斯人给弄翻儿了。当时的俄罗斯总统叶利钦讲:"俄罗斯没有一寸多余的土地可以送人!"

按日本的武士道精神,首相这时候其实应该剖腹才对。首相拿领土说事儿,装爷们儿,最后什么也没捞着,空欢喜一场。后来,小泉好像年年参拜靖国神社,想给日本民众一个铁汉形象的交代,可是这有什么用呢?那是祭奠死人,北方四岛现在有日本的活人啊!就是你祭拜的靖国神社里的那帮军人,把美国原子弹招回家,给弄响的,结果北方四岛归别人了,美国军舰满日本海都是。我真不知道还有什么可祭拜的?!

《最后的武士》里把武士说成了弱者,他们完全是一群维护日本民族尊严的民族战士,他们住在风景如画的地方,生活完全自给自足,没有地主,没有压迫,没有犯罪,孩子都是那么可爱,女人也都是那么美丽,胜元将军也完全是一副东西方文化兼备的明主的样子。多么好的一个世外桃源啊!结果,一个屠杀过印第安人的美国白人来了,这个白人带着对印第安人无限的愧疚加入了武士集团,用生命和精神加入了武士们最后的自杀冲锋。其实,这个美国导演太虚伪了,你们对印第安人的愧疚和日本人有什么关系?阿汤哥应该加入印第安人反抗美国的侵略才合乎逻辑啊!他应该和印第安人一起冲锋才对啊!就像美国的《爱国者》一样,反抗英国的殖民统治才对啊,搞得最后让观众感到美国真是追求正义和生命意义的民族。美国人太"伟大"了,胜元将军和日本的明治天皇都被他感动了,阿汤哥应该算是"感动日本"的十大爱日青年之首，或者是"日本民族脊梁"之一。

电影最后是所有的武士都战死了，死在了机枪和大炮下。武士时代结束了！阿汤哥像个大英雄一样，回到世外桃源找日本美女去了。啊呸！这个美国导演太不要脸了，正义、生命、武器、美女，好事儿都让美国人占去了。这么看来还是那句话："美国天生就是不想吃亏的民族。"可你美国人再伟大，也不会把土地交还给"野蛮"的印第安人。真是说一套做一套啊！

日本武士把命交给了将军和天皇，将军和天皇说什么他们就做什么。如果不按照他们说的去做，就有辱武士的使命和誓言。而如果你给一个团队或者集体带来了耻辱，那么你只有去死才能偿还罪责，既然怎么着都是死，那还不如死了以后进靖国神社。天皇把日本人都骗了，日本武士又把天皇给耍了，天皇和日本人民团结在一起把日本给糟蹋了。

所以我也想代表中国的90后告诫一下日本政府，历史上，中国文化给你们带来了无数的恩德，但你们给中国人民带来的却是野蛮和杀戮。不要说什么你们日本人比我们中国人团结，不要说日本人比中国人优秀，这都不过是侵略的理由和借口。我们被你们打得鼻青脸肿，但就是不投降，我们不投降靠的不是武士道那些骗人的东西，我们有一种东西完全可以超越所谓的武士道精神，就是中华民族宽厚坚韧的心。一种无形的文化缠绕在我们的灵魂里。

最后，"伟大"的昭和天皇逃避了战争责任，这也证明日本的天皇比一般的低级武士胆子还要小很多。有日本人说了：我们天皇不是武士，他是"神"，但是问题又来了，天皇是神，那么为什么给自己封一个人间的大元帅呢？如果他是"神"，最后为什么向人间的麦克阿瑟将军投降呢?如果他不是武士,为什么他总是穿上戎装、配上军刀呢?只有一个解释:"日本的天皇会装!"按赵本山的话讲:"不装能死,不装能疯!"

日本民族不要再有其他的野心与幻想,保护好剩下的几个岛子吧,不要再招惹中华民族。中国人民对你们已经够宽容了。如果你们发自真心爱着这块大陆,那么别想其他的花花肠子了,就加入我们大中华吧,我们批准你们"自治",我们也可以搞一个"一国三制"!我们中国人民会欢迎你们大和民族加入的,这是化解仇恨的唯一办法。我不仇恨现在的"大和民族",你们民族有很多我喜爱的东西,但还是那句话"别次别次"(各是各的)。

《最后的武士》海报

黄 河 颂

到了临汾郊区，没有找到合适的饭馆，我们索性不吃了继续赶路。离开临汾大概10公里就又开始爬山。车不是很多，路还很好走，很平整。我拿着大比例地图给老爸指引方向，下午4点我们到达吉县。草草地吃了点饭，然后穿过吉县市区继续沿县公路前往壶口，出了吉县没10公里就堵车，耽误了一个小时。山两侧应该是在修高速，到处都是水泥柱和没有完工的桥梁，路面坑洼泥泞。很多大车拉着施工材料艰难地爬坡，超一辆大车需要费很大的力气。

我们必须在7点前赶到壶口。太阳落山的时间就是这个时刻，小红马开始按捺不住情绪，老爸打开所有的大灯，把速度完全提了起来。在陡峭的山路里，小红马发力的咆哮声撞击着山谷，震荡、撕裂着满山的音符放肆地在山谷里伴随我们冲击。车顶上的国旗猎猎作响，似警报嘶鸣。100毫米的排气管"榴弹炮"毫无保留地向着山谷轰击："躲开，我要追逐那美丽的光芒！壶口，钟声来了！"

记得陈逸飞有一幅作品叫《黄河颂》，一名魁梧的中国军人站在黄河边的悬崖上目视夕阳西下。画面上一片高调的金黄色。我想陈逸飞的灵感一定来自冼星海的《黄河大合唱》。冼星海谱写《黄河大合唱》交响曲时，也应该是站在那座山上，夕阳照在他身上，他一定是沉浸在金黄色的山、金黄色的河、金黄色的夕阳中。我想他此刻绝对没有写一个音符，他一定是整个人都浸泡在这金黄的色彩和旋律里。他的泪水也一定是金黄色的！

此刻,冼星海、陈逸飞和我站在同一个位置,我们沉浸在壶口瀑布的轰鸣声里。我们抵近咆哮的黄河,让浪花飞溅的黄河水肆意地洒向我们身体的各个部分。我们的灵魂已经走进了那澎湃、汹涌的大河。这条万年来呼啸云涌的黄龙,不停地发出让我心灵震撼的吼叫!我们感受到,只有伟大、坚韧的民族才配得上她那高傲的吼叫和一泻万里的磅礴气势。我们荣幸我们是黄河的后代,黄河的子民,我们无条件地接受她给我们带来的一切!

我看着《黄河颂》,陈逸飞听着《黄河大合唱》,冼星海看着"90后"的我,没有烈酒,我们不约而同地双手捧起一捧黄河水,相视一笑,合着泥沙、合着苦涩、合着感恩的泪水,合着中华民族几千年的沧桑与光荣,干杯!

让日本人羡慕嫉妒恨去吧,我"吼吼"地告诉你们:"你们没有黄河!永远都不会有!"

冼星海

陈逸飞《黄河颂》

雪耻中条山

> 立马风陵望汉关，
> 三峰高出白云间。
> 西来一曲昆仑水，
> 划断中条太华山。

第二天我们从吉县出发，继续向南穿过黄土高原南段去下一个抗战时期的著名战场：中条山。

抗战时期，日军为了占领中条山，前后发动了14场战役。山西运城三门峡的黄河边，是中国军队的大败之地，著名的"中条山会战"即发生在此。"三门峡"，顾名思义，即"人门、鬼门、神门"，就是在这个三门交汇处，昔日的中国军人用行动诠释了"人、鬼、神"三部曲。

1939年6月6日，发生了中条山"66战役"，在许八坡、马家崖的黄河绝壁上，由近千名陕西学生兵"冷娃"组成的国民革命军38军177师弹尽粮绝，站在悬崖边高唱秦腔，先叩家乡再叩父母，毅然决然跳入滚滚黄河！他们把肉体和灵魂还给了这条生他们，哺育他们的大河。一位战死士兵的父亲后来在给赵寿山师长的信中这样写道："当时人皆以为忧，我独以为喜，我喜其死得其所，我欲前往搬骨，以遂伊母之愿。"

也是在黄河边，中国军队新编第27师副师长梁希贤见事不可为，投河殉国。中国军队第5集团军司令曾万钟抱着一个羊囊游过了黄河。十万中国军人兵败如山。在三次突围失败的情况下，"第3军唐淮源军长以保卫中条山职志未遂,当前大敌未殄,于尖山顶庙内自戕殉国"。同日,第3军第12师在突围至胡家峪后遭日军截击,师长寸性奇胸部中弹,身负重伤,但仍率部苦战。13日,寸部亦陷日军重围,寸师长二次负伤,右腿被敌炮炸断,自知无力回天,亦拔枪自尽。继忻口战役第9军军长郝梦龄与第54师师长刘家麒之后,第3军寸性奇再写一军之中军、师长同时殉国的悲壮史诗。在中华名字起源的地方中条山、华山脚下,我们的历史记录了我们一次悲壮的完败!

中条山抗战阵亡将领:

第3军军长唐淮源上将
第12师师长寸性奇少将
第98军军长武士敏中将
新27师长王竣中将
新27师副师长梁希贤少将
新27师参谋长陈文杞少将

向东,黄河边还发生了另一次力量悬殊的攻坚战。薛岳将军带领的十万中国军人围歼日本土肥原贤二14师团的2万日本军队,但中国军队就是没有干掉这支日本军。

再向东南,还发生了一次叫"血战富金山"的战役。1938年9月的时候,日本的王牌师团第13师团由长江北岸进攻武汉。第71军军长宋希濂率部埋伏在大别山北麓的固始富金山一带。在这里,宋希濂将军率部整整阻击敌人十天,几乎打光了自己起家的36师!但是,这次总算给中国军人脸上添了光彩。有抗战资料说,此次战斗寸土未失,重创敌部。坚持到第九天的时候,宋美龄还穿着军服来慰问过。

再向东,就是台儿庄大捷。依我看,与其说是大捷不如说总算和日本打成了平手。但这次战斗的意义非比寻常。这时候正是国共第二次合作期间。毛主席在《论持久战》中说:"每个月打一个较大的精神,振起我军的士气,号召世界的声援。"周总理说:"这次战役,虽然在一个地方,但它的意义却在影响战斗全局、影响全国、影响敌人、影响世界!"

接着,老蒋大有信心,以为可以在徐州与日本一决高下。结果没想到,日本鬼子没那么好对付。情急之下,他下令炸开黄河花园口。可怜中国百姓因此死亡80余万人,受灾人民上千万。

花园口决堤难民

老鬼子的战争总结

我喜欢日本的动画片《火影忍者》和《海贼王》,每个星期都会等他们新的章节上网,在路上的时候也不例外。那时候我非常幸福,我太喜欢鸣人那小子了,那时候他在我心里就像项羽一样,是大英雄。

每天十几小时的车程,我老喜欢问老爸年轻时的事情,包括他在日本留学时的经历。老爸在日本,其实最好的朋友就是那个老鬼子。但就是因为中日战争,他们心里始终有阴影。

老鬼子实在没有什么朋友,而且也不喜欢和邻居来往,结果老爸就成了他的"闺密"。除了晚上回自己房间睡觉,只要有时间老鬼子就跑到老爸的房子里来聊天。人老了就爱回忆自己年轻辉煌的时候,就像没饭吃的人回忆自己曾经吃过的大餐一样。

老鬼子告诉老爸,他和他老婆是中学同学,结婚后战争爆发,他应召去中国打仗,结果一走就是很多年。他特别想他太太,所以希望战争早点结束赶紧回家,可是你们中国就是不投降!老爸说:"活该!我们就是不投降!"

老头儿的哥哥在中国战死了,老爸问:"你怎么没被打死啊?!"

老鬼子非常气愤地对老爸说:"我和你说正经的呢!"

老爸也不含糊说:"SB,谁和你开玩笑了!你想你老婆,中国人没有老婆吗?你喜欢中国可以带老婆到中国移民啊,为什么带着枪和炮去中国啊?!你丫就是活该!没把你打死算你命大!"

打归打,那俩家伙又总是凑到一起扯淡。老爸住在他家的四楼,老头儿住二楼,老头儿的儿子大郎住三楼。老爸从不主动去他们的房间,但是老爸的房间却是他们的俱乐部。老鬼子一来,大郎就走,大郎一来,老鬼子就走。老爸发现后,就问大郎:"你怎么不理你爸啊?"

大郎是个结巴,总是把话说得很慢,他说:"都——都——都是因为你们中国!老头儿满脑子都是你们中国的历史和规矩!所有一切都要按照你们中国的规矩要求我们。我——我——我是日本庆应大学的法律系毕业生,但是我现在却在卖菜,因为老头儿脑子里装的是中国家族里的长子必须子承父业。我弟弟就不用卖菜,他现在在日本银行里做部长,可他根本就不来看他。"

大郎还说:"你挣点钱就回中国吧,不要在日本待下去。日本人心狠。日本人脑子坏了。日本人在温柔与和谐的外表下充满了无情和冷酷。就像我现在什么都没有,老婆和别人跑了,自己也没有孩子,现在生活得人不人鬼不鬼。等——等——等那老家伙死了,我也该跳楼了。"

老爸问:"为——为——为什么?"

大郎说:"因为55%的遗产继承税!"

在千叶县的海边,老鬼子告诉老爸:"战争结束后东京几乎什么都没有了,都被美国的原子弹炸平了。那时,我给美国兵送菜,总挨他们打。但是他们有钱,如果喝多了,就会给我更多。当时我们日本人感觉,日本亡国了,我们没有希望了。"

老爸问老鬼子:"你们为什么投降了?你们日本当时把我们中国打成什么样子了,我们中国军队整师整团被你们消灭,我们恨不得再退就退到西藏去了,但还是前前后后坚持了十几年,就是不投降!德国人也是侵略者,在柏林最后才投降的。苏联已经被德国人打到了莫斯科,不是也没有投降吗?!你们那会儿本州没有一个美国军人啊,可见你们日本人不男人!你们天皇不爷们儿!你们骨子里还没有强大到那种真正不屈的霸气!你们日本学习中国几千年,但是你们没有学到中国真正的东西,你们坚信你们可以在人家发明的基础上改良一些事物,但都属于技术层面的。你们可以说一万个中国不好的地方和错误,但是你们真的没有学到中国文化的精髓。按日语讲,你们日本"抹搭抹搭呦"("不行"的意思)。

《火影忍者》——鸣人

帮老鬼子揍小鬼子

车在秦岭不远处排起了长队,我们又聊起老爸在日本时期的事情。老爸觉得,战后的日本人有很大的失落感。老鬼子告诉老爸,战争时东京遭到美国原子弹的大轰炸,什么都没有了,一片瓦砾。战争结束后,世界上所有国家的人都恨日本人,而且日本到现在也不是一个完整的国家,有美国的驻军,做什么事情都得听美国人的意见。老鬼子还跟老爸说,美国人真的不如中国人好,美国人根本不仗义,老害他们日本。

日本民族是一个很势利的民族,软的欺硬的怕。

老爸喝了一口茶继续说:一次在东京,他和老鬼子给一家大的餐厅送菜,但是有一种菜送错了,结果在餐厅里,有一个日本小年轻儿,看样子也就是个普通的餐厅杂役,上来就把老鬼子骂了一顿。老鬼子不停地向那个杂役鞠躬说对不起,可是那小兔崽子完全不买账,追进电梯里还在没完没了地骂。老鬼子一脸委屈,站得直直的忍受杂役的辱骂。

开始老爸还不搭理那小子,认为那只是日本人之间的狗咬狗,可后来实在看不下去了。老爸问那个杂役:"你丫有病是怎么着?送错了我们再给你跑一趟不就得了,用得着你这样龇牙咧嘴的吗?再者,还不知道谁对谁错呢?"

小杂役问我老爸:"你不就是个中国临时工吗?"

老爸说:"你如果再废话我就揍你丫,信不信?"

老爸说那小杂役在接近老爸的时候挨了重重一拳,保持完美的屁姿势蹲在了电梯角上。老爸把电梯按到了-3,拉着老鬼子走了。老鬼子低着头跟在老爸后面,一直没有说话,就这么一直跟着,回到家进了自己的房间很久很久没有出来。

大郎问:"老头儿怎么了?"

老爸就把事情的经过告诉了他。大郎看了老爸一眼,"哦"了一声就走了。后来老爸再去那家餐厅送菜,老头儿不再跟着老爸,那小杂役也老是躲得远远的不过来。老爸每次还都叫他:"社长,你签个字吧!"最后小杂役总是阴阳怪气地说一声:"谢谢。"

老鬼子有一天和老爸说:"现在的日本年轻人完了,没有信仰,没有斗志、只爱享受。"

老爸问老鬼子:"你们日本的武士道呢?你不是说日本人都有武士道精神吗?"

老鬼子说:"不是,真的不是。他们是另一种日本人了,一代没有信仰的日本人!"

秦　岭

一到堵车或者我背完单词，我就和老爸谈天说地。我们带了很多光盘，历史、小说、经济、人文等等几十张，还下载了许多的电影。看完我们就开始争论和探讨。我们约定在先，不管谁对谁错，都不许生气，可以继续讨论和挑战，也可以重新找自己的论点。如果结论相去甚远就记录下来，几年后继续讨论。但是绝不许以大压小，倚小卖小。后来我们俩养成了一个习惯，有什么问题一定在小红马里说。

我们中国人脑子里一直认为天最大，遇到事儿总是说"老天爷的安排"，说这话的意思就是对方不要再争论了，天已经做决定了，总之就是"天意不可违"。

老爸说，古时候皇帝是天子，代表最高的权力和最后的决定，不管是对是错，是无知还是荒唐。现在有些领导也是这样，我说了什么别人就不要再讨论了，这个事情定了。但是天子也好、领导也好，他们都应该承认一件事情，历史是人民创造的。但中国几千年的朝代更迭，人民总是只有跟着欢呼的份儿，总是盼望所谓的明君出现，但等来等去，那些明君都只是以人民的名义说事儿。皇帝也大多没有什么本事，都是一群"官二代"，拼爹的家伙。还是西方那些国家好，大家在周六日拜访一下上帝他老人家，上帝他老人家什么都不用管，还受人爱戴。其实，后来我慢慢明白了老爸的意思，老爸是在说信仰的力量。

我家在北京十三陵水库边租了一个农村院落，这里距大明朝的皇陵非常近，号称是北京上风上水的宝地。据说害得后来的康熙爷他们都得跑北京东面找地方安葬自己，好地方大批被前朝的家伙们给占了。可是我翻阅明史发现，那十三个皇帝大爷真的没有一个好东西：有打家具的、有炼丹的、有喜欢金融酷爱数钱把自己数抽筋的、有玩蟋蟀的，还有在北京市里调戏妇女被警察抓走的，还有自己组织太监打仗，获得了无数次"胜利"之后给自己封一个"无敌大鼻涕将军"的。二百多年的朝代，有一百多年皇帝都不上班，但还没人去革掉他们的命，最后都是皇帝自己在革自己江山的命。我想，如果那时候有电脑，不知道有多少皇帝大爷玩"传奇"或者"魔兽"，或者晚上去偷人家的菜而不上朝呢！

　　秦岭已经在眼前了，学地理的时候只知道秦岭淮河是一条线。这个大山是中国南北气候的分界线，后来我还知道，这是中国地震线的一个环节，这里发生过古今中外死亡人数最多的地震——1556年陕西华县地震，震级8级。据明史记载："二千里人烟几绝，报名死亡者83万有奇，其不知名者不可数计。"现在，我们忽然发现，我们一直在沿着中国地震线行走。

　　其实，出发的时候我们有两条路线可以走，一条是G4一直向南，然后从湖南向西进入贵州再进入云南。这是一条比较好走的路线，70%是平原，再有一条就是现在的地震线G5，距离虽然近点，但是都是山路。可能是上天的安排，我们最后选择了这条难走的路。哈哈，又是"上天"定的事情，看来我们再也逃不脱"天"的思维了。

　　我们开始穿越秦岭了。我和老爸思想准备不足，完全没有想到会有这么多隧道。我和老爸像耗子一样钻了130个大大小小的隧道，钻得我们头晕目眩。其中最长的有11公里，无数超载的大车也在里头慢慢地爬行。隧道里充满了污浊的柴油味道。终于穿越了秦岭，我和老爸哇哇大吐,把西安的羊肉泡馍吐得干干净净。

　　从汉中到广元,又在修路,我们继续跟在大车后面慢慢前行。不到400公里的路程我们开了整整12个小时。那时候,我们哪里知道,这样的公路只是刚刚开始,真正的大山还在后面呢。现在回想起来,感觉自己真是了不起!

进入秦岭

逃离绵竹

2008年8月8日,一次属于中国的奥运会在北京开幕了!一双大脚印从南向北,迈进了开幕现场。老爸说:开幕式最震撼的就是这双沉重的大脚,别的都已经忘掉了。但是最让老爸难忘的还是那一年老爸的生意伙伴卷钱跑了,老爸在哈萨克一年的辛苦白费了。

听老爸说,事后他站在一个叫扎蓝努尔的荒野的集装箱里对他的工人说:"我就是倾家荡产也不会赖你们的工资!"那时,老爸手下有四个国家的工人:中国人、俄罗斯人、哈萨克人、乌兹别克人。这些工人下工后只有两件事情可以做——看星星"学习天文",喝酒打架。今天是俄罗斯人揍中国人,明天是中国人揍哈萨克人,后天又是俄罗斯人和中国人一起揍乌兹别克人,再然后是三个国家的人一起揍俄罗斯人。他们说这是英超联赛。他们还给老爸起了一个外号叫"村长"。

就是这个"村长"最后把所有工人的工资都发了下去。回到北京时,他只剩下100元人民币。老爸说生意他是完败了,但是在看星星的过程中他却得到了一颗完整的心,一个完整的人格。他从那片荒野的上空中明白的人生道理,促使他开始设想另一种人生。也就是在那夏天零上53度,冬天零下39度的集装箱里,老爸开始在心里帮我完善这个伟大的计划。

当然,2008年还有一件让中国人民最难忘的大事情,那就是5·12汶川大地震。似乎用什么语言都不能表达我们这些活着的人对地震废墟下国人的哀思。

现在，我们离那个地震点越来越近了。我想体会一下什么是废墟，真正的废墟。

过了秦岭就进入四川，离汉中没多远车就又排起了长队。在这里已经搞不清楚是什么路了，一会儿高速一会儿国道，反正都收钱。等了4个小时，终于车开始动了，不一会儿就又上了高速。可是一个奇怪的事情出现了，我们居然在"逆行"！难道我们走反了不成？所有的车都向我们开来，而且有的司机还不停地向我们打手势调头。我听到一个司机在喊："大水！桥快塌了！"额滴神啊！快跑，老爸！

老爸快速调头就跑，看见当地的车都往山上开，我们也就跟了上去，一边狂奔我一边问老爸："发洪水怎么办？"老爸说："跑！往高处跑！"

刚爬上山，我们就被公路稽查给拦下了，高速逆行罚款500！我们问为什么只罚我们，别人不罚？话没说完，许多车又开始没命地向山上开。老爸告诉那稽查："要钱可以，到山上再给你，你再不跑也完蛋了。"稽查现在才明白是怎么回事了，开始跟我们一起逃命！还别说，人民警察跑得就是比我们快！

我没有看见洪水，只知道坐在车里和大家一起跑。后来我想，这可能就是打仗时候的"兵败如山倒"的情形吧。到了广元，已经是晚上十点了，我们全身都疼，从没有坐过这么长时间的车。找了半天才找到个饭馆，还差点被辣死！这下我知道，我们的确到四川了！

在邓小平同志的故乡广元，我们睡到上午9点。之后出发去绵竹看老爸的一个朋友。这个朋友在汶川地震时带着33名游客逃出了重灾区。他们见面的时候非常兴奋，又是拥抱又是握手，那叔叔有一个非常好听的名字叫"青城"。

吃过饭，青城说带我去看汶川地震的废墟。离绵竹市几十公里的地方保留了许多5·12时的废墟现场。离废墟越近我越感到好奇。

汶川地震时我只有13岁,对地震还是懵懵懂懂,只知道死了很多人。说实话,那时候我感觉大地震像战争一样可怕,甚至比战争还可怕,退一万步说,打仗还可以投降,但是地震根本就没有投降一说。所以,后来日本发生大地震的时候,有些中国的网友还幸灾乐祸,我真是不能理解,恨日本侵略者和同情日本灾民是两码事。

我们在一处废墟前停了下来,老爸和青城叔在说5·12地震时的情景。青城叔指着一大片废墟说:这里曾经救出了6位幸存者,而且是被一只搜救犬发现的。我一下子就来了精神——一只犬在地震的时候竟然可以发现6名幸存者,那如果中国有几百只、几千只、几万只这样的犬,岂不是可以救出更多的人?!

老爸和青城叔还站在废墟上不停地说着什么,我独自一个人爬上了旁边的废墟。我想知道在废墟里究竟是什么感觉。鬼使神差地,我竟然钻进了一处水泥板下。那是一个不到50公分高的向下的斜面,勉强可以钻进一个人。我面向下退了进去,趴在里面好奇地想四下看看,我发现这时转动一下身体都是那么的困难。一股可怕的想法猛然在我脑海里闪现,如果此刻真的大地震来了,我岂不是真的被活埋在废墟里了?!如果我还活着,谁可以来救我?我浑身开始战栗,活这么大我第一次感到死亡离我那么近,在死神面前自己的生命那么脆弱!我挣扎地想爬出那个可怕的水泥洞,但是很难。我手忙脚乱想爬出这个死亡陷阱,但我的腿却总是感到谁在向下拉我,越挣扎越恐怖,我不由自主地大喊:"老爸,我在这儿,快来救我!"

一双温暖的大手抓住了我的胳膊,我连滚带爬地爬出了废墟洞。七月的四川骄阳似火,可是我呆坐在废墟上全身无力,四肢冰凉,脸色惨白。我仿佛真的和死神擦肩而过,我好像看见了死神那狰狞的面孔。此刻,没有枪炮声,没有冲锋士兵的喊杀声,没有子弹打进身体里的"噗噗"声。我不知道在战场上,在生与死的瞬间,是生命重要还是主义重要?过了很久我才对老爸说:"老爸,我想离开这里,越快越好。"

和青城叔是怎么告别的我都完全没有意识。坐进小红马,我瘫倒在座位上,离开绵竹时身体依然不停地颤抖。老爸看着我说:"只有经历过生死的人才会知道生命的宝贵。儿子你该长大了。"

绵竹5·12废墟

四川,四川

在四川,我想起了《我的团长我的团》里那个打没了的川军团,那些衣衫褴褛的叫花子兵,还有那个四川军阀刘湘——至死也要证明自己为国家做出过贡献的刘湘将军,还有死都不退因而全军覆没的刘铭章将军,以及带领中国走出穷得不能再穷的困境的伟人邓小平。我们跨进了他们的故乡,我要感受一下他们的辣劲儿!

抗战时期,日本人没有踏进过四川一步,但是四川人却出动了两百多万的将士保家卫国!这些人战死了多少?回乡了多少?无人知道。在之后的国内战争中,来自四川的子弟兵也是中坚力量。

我和老爸躺在乐山的饭店里,吃着冰激凌,话题又回到了抗战。在抗战历史上,四川人民完全对得起中国,200多万川娃子战死、散落他乡,200多万个爷们儿啊!

老爸告诉我:中国这100年有两个地方出现的领袖决定了中国的命运,一个是湖南的毛泽东,一个是四川的邓小平。湖南的毛主席太了解中国历史了,他是一个在中国历史上重重留名的人物。毛主席唯一一次出国去的是苏联,那时候苏联把社会主义发展到了极致,资本主义在那时候的苏联看来已经没路可走了。我们的领袖也看到了这一点,开始学习苏联的经济模式。这么说来,后来出现的经济问题也不能全推到我们的领袖身上,谁让那时候苏联的经济模式那么让人激动呢?谁不想让自己的国家变得更好呢?!

我们的领袖是一个战争奇才。解放战争,他把蒋介石装备精良的部队都打败了,还创造了很多军事史上的经典战例。后来,蒋介石逃到台湾之后，他留在大陆的旧部杀的杀、跑的跑、抓的抓，后来又在朝鲜战争中消耗了一大部分，然后又搞了个军垦和农垦，那些人稀里糊涂就都去边疆屯军了。有一部分人挖了一辈子的山，变成了工程兵，上世纪八十年代裁军又给裁没了。还有一部分人抗战时期为了保卫国家打的命都不要，在解放战争中却变成了中华民族的敌人。恐怕那些人到死都没有明白，曾经保卫国家的人最后被人民给"正法"了，罪名是叛国。我不懂，可老爸说，这就是历史。

老爸说，如果扛着"三民主义"大旗的孙中山先生多活几年，真不知道还会发生几次北伐、南伐的事情。后来读了点儿历史，我忍不住乱想，毛泽东和蒋介石应该都是有机会成为华盛顿的吧，但我却觉得他们俩人的偶像都是朱元璋。

老爸说，如果抗战时期美国和日本是盟友，我们就是有十个毛泽东、十个蒋介石恐怕也赢不了那场战争。抗战时期美国援助国民政府，苏联则一直是社会主义的老大哥。后来有一段时间，不知道为什么，社会主义的盟友又变成了敌人。1972年以前，领导8亿人民的政府在世界人民眼里竟然都不是中国的合法政府！闹得台湾在西方世界的地图里和中国是两个颜色！我还不懂，老爸又说，这就是历史。

爷爷告诉我，新中国刚刚成立的那几年时间里，人民朴实得一塌糊涂。我们终于没有了不平等条约，没有了租界，没有了印度阿三交通警察。连爱新觉罗·溥仪爷站在北京的大街上都看傻了，大家都在学文化，建设自己的新中国。哪里有现在被摔倒、被扶起、被判刑的事情啊！

那时候，那些曾经在抗日战场的将士们，有的在台湾晒太阳，有的在大陆参政议政，有的在监狱里，还有一部分开始给政府提意见。后来，"文革"的时候，有人忽悠那些傻孩子，告诉他们中国有一群坏人,每天都想破坏我们伟大的祖国,你们看着办吧!被忽悠的一般是脑子有水的或者脑袋被驴踢的,但自己却认为是"革命小将",结果一大批人倒霉,几乎人人自危。台湾那边也是,蒋介石每天都想着反攻大陆,疑心病也不小,也搞掉了一大批人。这下好了,两岸几乎用一样的办法把整个世界弄清净了。

  二战结束后,远东国际法庭把一群日本战犯给绞死了,但是日本人并不承认这个宣判。他们认为那些都是战胜国对战败国强加的结果。那时候,日本天皇躲在二重桥里,连个屁都不敢放,眼睁睁看着那些昔日为他卖命的大将们被一个个绞死。虽然日本天皇那么不仗义,但毕竟这些人是被外国人杀死的,日本人心里还可以认定战犯是他们的民族英雄。没办法,侵略者和被侵略者逻辑就是不一样。可是我们的很多将军和元帅呢,曾经被日本的飞机大炮骑兵追得满山乱跑的中国将士,曾被我们奉为民族英雄,穿着将帅服、戴着大红花的英雄们,结果又如何呢?各个都成了屈原!那时候,中国人疯了!那会儿日本人一定乐疯了:我们打了14年想看到的结果,中国自己帮我们完成了。可悲!

  爷爷讲,1958年我们又整了一个"大跃进",全中国一片欢呼,我们共产主义了!要是星爷能拍一部"大跃进"的电影,估计所有地球上的华人都能笑翻了,但审查肯定通不过,白玩儿!1960年开始,天灾加人祸,"文革"一折腾就是十年,再加上1976年的唐山大地震雪上加霜,这时候我们才发现国民经济都快和非洲部落一样了!

远东国际法庭审判日军战犯

"善良"的日本人

爬完了峨眉山，我和老爸彻底完蛋了，全身疼，每迈一步我们俩都吱哇乱叫。

在乐山的饭店里，我们俩和一个云南人拿着地图讨论了半天明天的行车路线。攀枝花好像在发洪水，走宜宾则有100多公里非常破的山路。但我们最后还是决定走宜宾，路虽然难走，但总比走不了堵在那里强。从这里到昆明没有高速路，是什么路就得走什么路了。下一站是什么地方我们不知道，每天可以走多远也不知道，在哪里吃饭不知道，在哪里住店不知道。但我和老爸心里都被饱涨的激情和坚持到底的决心鼓动着。

告别了乐山大佛，没走出30公里就开始了搓板路，路上随处都有坑。反正慢慢走，走哪儿算哪儿吧！

背完单词我们又开始东拉西扯。然后老爸就讲了一个笑话："很早的时候，美国老大、俄国沙皇和中国天子去找上帝，他们三个人想知道哪个国家的人最幸福。美国老大说：上帝是我们美国人的亲戚，我先去问。那俩在外面等着。一会儿美国老大哭着出来了，那俩人问：你先别哭，上帝是怎么说的？美国老大说：上帝说，美国人要想幸福需要50年，那时候我都死了！俄国沙皇说：我进去问问。一会他也哭着出来了，说：上帝说俄国人还需要100年！那时候我儿子都死了！中国天子看了一下那俩说：看我们中国人的吧。然后就进去了。那哥俩在外面等着，没一会儿上帝哭着出来了，说：他问我中国人什么时候能幸福，我告诉他，我是看不见了！上帝都死了……"

老爸说,1990年他到日本时,我们和日本的差距应该差不多有50年,和美国的差距应该差不多有100年。其实,中国真正的改革应该是和日本一个时期。那时候大清的李鸿章、张之洞、左宗棠等朝廷大员发现,中国想不挨揍唯一的办法就是改革,搞洋务运动。真不是大清不思进取,他们也真的进取了,但是他们进取的只是"标",没有"本",没有从皇权制度上改革,结果我们被历史重重地摔了一跤,也给日日夜夜想向中国扩张的日本提供了千载难逢的机会。侵略和被侵略就是掠夺和被掠夺呀,结果我们被日本越拉越远。

老爸说,在日本时有一个日本人对他说:"如果没有那场战争,我们日本人民是多么的善良。"但是日本人民真的善良吗?还是文化素质比我们高?

老鬼子总结中日战争时说:"你们中国人打不过我们,是因为你们军队里都是没有文化的农民。战争时期我是一个地位非常低下的士兵,但我却是高中毕业生。你们中国军队里有多少高中毕业生呢?"

战争时期,中国的文盲占人口总数的90%以上,差距是显而易见的。看来,日本的天皇比中国的皇帝明白多了,中国的皇帝只想让自己的子民变成一群傻蛋,越傻越好管理。这没办法,是中国几千年封建文化的传统。

再回过来说日本人善良的问题。老爸在日本有一个中国同学叫小张,因为赌博把自己所有的积蓄全输光了,最后连房租都交不起了。结果,平时温柔善良的房东太太不依不饶地要小张还钱和交房租。小张问包租婆能不能缓一段时间,但包租婆的态度是万万不能的,最后没有办法,小张叔叫老爸帮忙。老爸对平日里可爱温柔的日本女人说:"他欠你多少钱我给你就是了。"日本太太一见到有人给钱,问:"你和小张是什么关系?"老爸告诉他:"同学、朋友!"日本太太一脸不解地问:"那为什么你要给他出钱?"老爸告诉他:"我们中国人和你们日本人不一样,我们仗义!""温柔"太太拿到钱后嘴里还说:"真搞不懂你们中国人都是怎么回事情,中国人脑袋有问题!"

到了宜宾,已经是下午2点了,我们在路边随便吃了点东西,检查了一下"小红马",然后继续赶路。从地图上看,我们马上就要进入云贵高原了,真正的考验开始了,那些恐怖的大山就在眼前了。按时间和距离算,我们今天应该可以赶到云南的昭通。

金三角的阿荣

前面说到过,老爸刚到日本时,在东京新宿西口一家叫"夜来香"的台湾料理店做三师傅。老板是台湾的客家人,店长老彭是个胖乎乎的台湾小个子,人不错,总是说感谢老板把他这个农村娃带到了大城市。他来日本前在台湾服役了两年,也算是国军弟兄吧。

后厨里有三个人,大师傅是马来西亚的华人,姓李,他告诉老爸必须称呼他李师傅。二师傅小谢是印尼华人,给李师傅做下手,负责配菜。老爸是三师傅,负责三个大水池,也就是刷碗专业,还要负责打扫厕所和倒垃圾。如果有时间他还要帮助二师傅小谢切菜。

上世纪80年代、90年代初,中国出国的人好像只能干这些事情,现在在中国叱咤风云的财经人士,什么徐小平、张朝阳、唐骏,包括日本研究学者方军老师,我想他们都应该懂厨房规则。有时候我想,怎么抗战胜利快半个世纪了,我们还在给战败国刷碗呢?我们这半个世纪都干什么了?我们的人民怎么还是那么穷?还是没有文化?还是只能做这些低下的工作?

老爸说,刷了四个月的碗之后,大师傅小李回国结婚去了,小谢成了大师傅,老爸升成了二师傅,又来了一个三师傅阿荣。阿荣是来自泰国的华人,三个月的旅游签证过期之后,就黑下来打工。阿荣话不多,干活儿一点都不含糊。他不会日语,每天一边刷碗一边向老爸请教。而且最怪的事情是,阿荣嘴里说的是中文,可是写的字却是泰文。时间长了大家就什么都说。阿荣的父母就是被解放军打到缅甸和泰国的国民党军队,应该是李弥将军手下那些人。而且阿荣的父亲还是个类似师长这么个大官。老爸他俩有时候一边干活一边说他们在金三角的事情。

阿荣说他很小的时候就知道中国军人和当地土匪打，和土司打，后来又和缅甸、印度联军和泰国的军队打。那些军队什么敢死队啊、什么剃头宣誓啊、什么政府悬赏什么的，各种招数都用上了，但是就是没用，就是打不过中国军人。开始的时候，阿荣父亲告诉他，咱们要打回中国去，因为咱们是那边的人，是正规军，但后来不知道怎么就没人管了，回不了台湾，也回不了大陆。当地的人称他们为中国土匪。他们没有任何身份，最后只能占山为王——好几千人要吃喝拉撒，也不可能有军饷，最后不得不开始种鸦片。但是他们内部有一条严格的纪律，任何这个群体里的中国人，若吸食鸦片就一律开除！没有任何商量的余地。

阿荣从小就和父亲学军事上的东西。阿荣说他打枪很准，但是没有真正打过仗，只是干站岗那些事情。阿荣的父亲告诉他说，他们是中国远征军的后代，但是到最后，中国大陆不要他们，台湾也不要他们，竟然交由联合国裁决，于是他们变成了泰国人，手里现在拿的是泰国护照。好好的中国人却阴错阳差地被泰国收编了。阿荣说，我回大陆、回台湾他们拿我当外国人，可是我真的是中国人啊！为什么我们这些中国人的后代不能回归自己的祖国呢？

老爸说那时候太乱了，主义也太多，分不清楚谁对谁错。但随着时间越来越久，海峡两岸的人民相互了解得越来越多，中国人到底还是中国人。老爸说，他心里总觉得好像哪里对不起那些国军的后人，好多普通百姓，不懂哪个主义好，只是生活所迫，被逼无奈上战场，最后竟落得有家不能回，有国不能依。这怎么着都该让人同情。于是，老爸总在工作之余帮阿荣干点儿活。

老爸说，从阿荣身上就可以知道，战争是多么残酷，多么可恨。

普通百姓不懂战争的正义和非正义，不懂主义的正确与不正确，可悲惨的命运他们要承担。即使是日本侵略者，从东北撤退后，也留下了大量的普通人变成了"日本遗孤"，据说处境也比较悲惨。

但愿战争永远不要再发生了！和平万岁！阿门！

中国没有"靖国神社"

我所知道的中国现有的抗战纪念馆,包括官方的、民间的,应该不下几十个。北京卢沟桥的中国人民抗战纪念馆,南京大屠杀纪念馆,湖南芷江抗战胜利纪念馆,四川建川博物馆抗战纪念馆,北京杨国庆南口抗战纪念馆,滇西抗战纪念馆,淞沪抗战纪念馆,庐山抗战纪念馆,北京古北口抗战纪念馆,喜峰口抗战纪念馆等等,还有许多我不知道名字的。但可悲的是,"靖国神社"的名气远远大于中国所有这些纪念馆。真是让人想不明白。

因为老鬼子的原因,老爸去过很多次"靖国神社"。日本人已经把它作为人间与神灵相联系的场所,老爸说有点像中世纪欧洲的教堂一样,也有点儿像中国古时候的祭坛。

只是,日本人有权力这样纪念他们的"英雄"吗?我认为不可以!如果可以的话应该有一个前提,"靖国神社"里也应该有被他们杀死的各民族人民的牌位。日本政府应该设立一个所有被他们发动的战争害死的和受灾的人民的神坛,这样才算是他们诚心祷慰所有因战争而死去的平民。所有发动过侵略战争,伤害过普通百姓的国家都应该如此。

用我们老师的话说,显然,日本人对战争的反思,对战争罪责的承担还远远不够。日本人也的确悼念过亚洲其他国家因为战争死亡的平民,但那大多是民间的,完全没有以国家的名义出现过。甚至日本人还不服气,至今还认为是世界上所有的大国一起打他们,他们才输掉了那场战争。每年的8月15日还被日本称为"终战日",而不是"战败投降日"。这么多年过去了,他们侵略的事实铁证如山,不胜枚举,他们却还在纠缠于战争的输赢。日本人什么时候才能真正意识到,发动战争这个行为本身,就是可耻、可鄙、可恨的,跟输赢没关系!

为什么日本政府在战争谢罪的问题上这样推三阻四呢?我和老爸总结了一下:一、他们认为不公平;二、我们不够强大;三、他们认为自己输给了美国和苏联,没你中国什么事;四、在亚洲他们有强大的心理优越感;五、日本的精神里没有"反思"这俩字。我觉得,如果日本人把武士的"死"换成"大"或者"和",那日本民族还是有前途的。

中国抗日战争纪念馆的设计理念和"靖国神社"的设计理念很不相同。老爸说,靖国神社完全是悼念的场所,非常像祭祀的道场。而中国的抗日纪念馆更多的像一个图片说明馆,好像设计得非常悲壮,但是总感觉悼念力度不够。而且,作为某个地区的抗战纪念馆来说还可以,但是从国家的角度来讲,实在是不够。

靖国神社从外表看像一个庙。日本很多地方都有这样的庙,只是规模和规制不同。靖国神社占地巨大,而且在东京的市中心。我们的抗战纪念馆在卢沟桥,虽然可以理解成纪念1937年7月7日日本侵华战争全面爆发的地点,具有强烈的纪念意义,但总是给人感觉在郊区的冷清感。除了学校组织或者官方组织外,真的不知道有多少人真正去过那里参观或者祭拜。美国类似的纪念碑和纪念堂,也大多是在华盛顿市中心的位置。好吧,我们的市中心有人民英雄纪念碑。

靖国神社从大堂到院子里的树上到处都挂有各种各样的小牌子,上面写着战争时期日本各个部队的番号:什么日本仙台旅、什么联队、什么旅团、战争中在哪里服役等等。相关部队的战争幸存者和他们的家属可以比较方便地找到位置进行悼念。

日本人和中国人一样，用家里最好的地方摆放祖先的牌位。自家后人做了什么伟大的事情，做了什么坏事情，都会在牌位前向祖宗汇报，或者当着祖宗的面惩罚。可是，我们的抗战军人和他们的后人去哪里找这个"小牌子"呢？

中国农村很多地方都有这样一个习俗：邻居家的墙不能比自己家的高，否则会压掉气势和风水。我们如果把"中国人民抗战纪念馆"盖得很高，很宏伟，那靖国神社和咱们比就是一个小土地庙，多给力啊！反而，现在你去看我们有些县政府的办公楼和那些面子工程，哪个不比卢沟桥纪念馆大啊！要不，把鸟巢改成抗战纪念馆，气派绝对够了，而且在北京的中轴线上！估摸着，半数以上中国人都会同意吧，不信可以网上投票试试。

说说我们的古北口长城抗战纪念碑吧。虽然是一个很小的纪念碑，但是我认为我们是跨越了时间、党派，站在整个中华民族的角度的，我们立碑前就有这样的想法与认识。

在古北口长城抗战一线，加上我和老爸立的，如今有三个纪念碑。其他两个，一个是"支那七勇士纪念碑"，是1933年日本军人给立的简易墓碑，表达他们的敬佩。那时候，七个中国军人没有接到撤退命令，就一直死守一个叫"帽山"的小山包。就是这七个人，打退了日本军人的多次进攻，日军死亡过百，最后日本军队用大炮将这个小山包轰平才占领了这个阵地。等到日军冲上帽山，才发现久攻难克的支那军原来只有七个人。也许是佩服中国军人吧，也可能是军人之间的惺惺相惜吧，他们居然埋葬了这七位对手。墓碑是用木头板制成的，上面写着"支那七勇士之墓"。上世纪80年代这里修公路，修建队和设计部门与承德实验中学一起集资，重新建立了如今这座

"七勇士纪念碑"。

另一个是"长城抗战古北口战役阵亡将士公墓"墓碑。1934年，国民政府革命军事委员会北平分会将在古北口战役中牺牲的360多位抗战将士的尸骨就地掩埋，立此墓碑。可惜，在"文革"期间，此墓遭到破坏，墓碑被推倒，花墙被拆毁，坟头险些被铲平。直到1993年才全面、彻底地修复，同时又新建了一座"长城抗战古北口战役"纪念碑和碑亭。在院门的门垛上有一副对联，上联是"大好男儿光争日月"，下联是"精忠魂魄气壮山河"，横批是"铁血精神"。坟前矗立着一块饱经日月风霜的石碑，正面书写着"癸酉年古北口战役阵亡将士公墓"，落款是"国民政府军事委员会北平分会，中华民国二十四年三月立"，后面记载着战役及建墓的经过。

说起来，解放后，随着北京的建设，我们毁坏了许多古代建筑。延续了几百年的大明门、大清门、中华门没有了，千步廊没有了，城墙拆了，西四牌楼也没了。天安门广场八种建筑设计风格里，新的大剧院像一口大锅一样趴在那儿，我上中学时天天路过。我就是有个问题没想明白，在最后通过设计方案的时候，为什么都是所谓的专家和领导做决定呢？天安门是全中国人民的，应该让中国人民表决才对啊！在美化咱北京的问题上，我们还是不愿意当打酱油的。

我不是愤青

看了中央电视台放的《档案》节目《甲午海战》一节,我几乎疯掉了。从1840年开始,我们这个伟大民族在整整100年的时间里一直挨揍,不停地挨揍。随便一个鼻屎大的西方列强都可以踹门进来,打完抢完还理直气壮地对我们说:准备好钱赔我们,过几天我们来取!我靠!做强盗的遇见吃斋的,会不会太幸福了!

历史上记录,中日甲午海战之后,李鸿章到日本谈判《马关条约》的细节,遇刺受伤,谈判完败。72岁的李鸿章李大人在日本马关的春帆楼,头上裹着纱布,几乎用哀求的语气向伊藤博文道:"老夫这把年纪,头上还有枪伤,伊藤大人是否可以给大清使者一些'医药费',老夫回去也好向政府交代?"

"善良"的伊藤博文大人微微一笑:"李中堂注意身体,钱的事情就不要提了。"

之后,两亿三千万两白银哗哗地流进日本的国库,日本开始国民普及教育,开始现代化工业建设,开始大力加紧军事化步伐,为以后大规模侵略做好了基础准备。也就是说,是我们花钱把人家武装起来,让他们30年后大规模侵略。想想就憋屈!窝囊!!

1945年,日本终于投降了。我们被打了100年,可是我们这时候为什么装大款,免去日本人的战争赔款?这就好像一个强盗进了一个平民百姓家,又吃又喝又拿,最后还把家砸了,法院终于把强盗抓起来了,可是这个平民百姓却饿着肚子在法院里高傲地对强盗说:"我不追究了!我家有文化,我仁慈,我以德服人!"

我想没准儿李中堂要是知道了，会真的从棺材里跳出来大骂：你们知道我当年怎么被日本人当孙子耍的吗？别假仁慈了，狠狠地索赔，索赔！

汽车被追尾全是后车责任，可怎么前车自己修车呢？有两种可能：一，后车跑了；二，前车司机脑子有水！

假设我们在抗战中打败了，那么我们是不是需要向大日本帝国再赔偿300亿两白银作为他们的战争损失呢？也许大日本帝国还会说：“你看我们日本人，多么仁慈善良，其实我们应该找你们要3000亿两的。”也可能我们的领导会向日本郑重承诺：我们一定还，我们是一个遵守承诺的大国。

一个词儿——憋屈！还有一个词儿——窝囊！！

日本年轻人和中国年轻人

有些像我这么大的日本年轻人,对过去的战争有这样一个基本看法:

那场战争日本政府和日本军人肯定是不对的,但是那是那时日本人做的坏事情,和我们没有关系。过去的日本军人给亚洲其他国家带来了苦难和杀戮,但我们也付出了代价,而且我们已经道歉了,为什么这些国家和民众老是要没完没了地抓住历史不放呢?我们也是战争的受害者,我们的广岛和长崎为什么要被原子弹炸呢? 当时我们已经提出准备投降了, 为什么美国人还要向我们扔原子弹呢?德国人为什么没有被原子弹轰炸呢?德国现在是一个主权完整的国家,为什么我们日本到现在还不是一个主权完整的国家呢?

我们在靖国神社里参拜战死的日本士兵,是我们民族自己的权利。我们尊重那些退役和战死的日本老兵,是我们民族自己的事情。你们也可以对你们的老兵好啊,你们也可以去纪念那些战死的中国士兵啊,可看看你们是怎么做的? 他们的待遇和我们日本老兵的待遇是一样的吗?你们没有做好自己的事情,为什么还要要求我们呢?

日本也有相当一部分年轻人曾质问那些老鬼子们:你们当年在亚洲都做了些什么?你们的勇猛给亚洲和日本带来了现在这样的结果。在亚洲,中国、韩国等十几亿的人民都恨我们,我们还被美国人占领,已经快70年了,什么时候结束还遥遥无期。你们欠的债为什么要我们来还? 你们向全世界开战,却让你们的后人背负如此沉重的包袱。你们当时对这些国家的人下那么重的手,如果有一天这些国家开始报复我们,也下那么重的手,你们对得起后代吗?你们以为战争结束了就什么都完了?

听老爸说,也有一些日本年轻人,一天到晚追寻当年大日本帝国的辉煌。穿那时的军服,每到靖国神社什么祭日或者各个地铁出入口,还要声嘶力竭地喊:"打倒美国!打倒中国!打倒俄罗斯!收复北方四岛!日本永远是世界第一!"颇有武士道单挑决斗的气势。

老爸在日本的时候,经历过日本很多的"祭日"。他经常看见日本的男男女女、老老少少穿着和服在大街上欢歌笑语。大家唱着祭日歌曲,面带微笑,而且随时欢迎行人加入。

更多的日本年轻人对那段历史不感兴趣。他们不关心政治,不在乎谁做总理大臣。他们认为那都是政治家的游戏。只要有工作、有钱赚就可以了,至于日本是不是还要保留天皇制也漠不关心——有可以,没有也可以。或许全世界,包括中国,很多年轻人也是这样的,过自己的生活就行了,管那么多干嘛。

这样的情形,搞得现在的日本天皇整天笑容可掬。老两口每到过年都出来和自己的臣民见个面,问长问短,像邻家的可爱的老爷爷老奶奶。当然,日本老人见到这老两口还是很激动,鼻涕一把眼泪一把地说:"你们太好了,太仁慈了,太刺激了(东北话),你们如果可以活100岁该多好啊!"

关于历史教科书的问题,我们总是向日本政府提出抗议,说他们不尊重历史,篡改历史。我没有看过日本的教科书原文,不能瞎说,但是有一次中国香港的学者和日本的学者在香港电视台上就教科书问题展开大辩论,有中国人做裁判也有日本人做裁判,结果争论得一塌糊涂,要不是大家都是文化人的话,肯定会大打出手的!

日本人说:"我们是客观地向我们的后代介绍那场战争。"

香港电视人说:"你们在避重就轻。你们在美化你们的侵略者。你们的教育观点是你们日本也是受害者。你们在玩文字游戏。"

日方观点:难道要我们的教科书像你们中国一样进行反日教育?你们中国的爱国主义教育就是抗日教育,别的没有,你们的就尊重历史了吗?我们日本人也可以给你们中国教科书挑出无数严重的错误。你们也在改动某些历史的真相,大家都是半斤八两,谁也不要说谁。

大家吵得天昏地暗。最后这个节目好像也没有个什么结论,也没有办几次。

如果日本政府和日本人民不在战争问题上那么矫情,勇于接受历史责任,把"武士道"的精神变成承认战争给世界人民和自己的人民带来伤害的勇气,作为一个发达国家,文化素质极高的现代日本,真是会受到全世界人民的尊重。甚至,美国继续占领日本都会遭到全世界的反对。美国人根本就不想离开亚洲,他们骨子里就有主导亚洲,甚至主导全世界的意识。美国人的战略是占领日本、牵制中国,留下朝鲜作为麻烦的借口。对美国人来说,这是一盘下得多么美妙的棋啊。如果有一天,中国、日本、朝鲜、台湾的问题都解决了,亚洲人民和解了,美国总统会立刻辞职的!

我们中国现在还让年轻人"为中华崛起而学习",但是越学越贵了,一小时家教300元已经是朋友价了。有时候我会坏坏地想,如果是参军打仗的话,枪是政府发的,可怎么"为中华崛起而学习"就得自己花钱呢?而且学校还分成全国重点、北京重点、区重点,难道爱国也分三六九等?全国重点的学生都该算是爱国烈士?北京重点都应该是爱国壮士?区重点应该是爱国战士?那些不是重点学校的学生算什么呢?我们到底是为了高考而学习还是为了中华民族崛起而学习?也可能教委的大人会说:"这个问题不矛盾啊!你学习好了,就是爱国啊!你学习好了,买了房子、车子,娶了老婆,生了娃,这就是爱国行动。"我觉得这和肤浅的武士道精神没啥两样。

我们中国学生拼命地考试学习,根本就不是什么为"中华民族崛起",更多的人是想找到好工作,买房子、买车子,考公务员,留在北上广,然后自己的孩子继续小升初,中考,高考!买房子、买车,留在北上广没有错,错在教委的领导根本不知道我们喜欢什么,想要什么,自以为是地用上世纪的脑袋为我们规划人生。"革命理想"都变成了电视里的故事情节。"革命"这个词把我们的父辈和祖辈搞得奋斗了一辈子,可现在我们听到这个词,第一个想法就是跑,远远地离开革命的风眼。

日本老人说:现在的日本年轻人是"垮掉的一代"。我的很多同学在谈到抗日战争时,也是表现出一脸的茫然。当问到他们对抗日战争的理解与看法时,很多人的第一反应都是不想了解那段历史,太窝囊,太憋屈,太悲催。有些人则认为无所谓,怎么都可以,那是政府的事情。而且历史课里只有那么一小段介绍,高考时占的比例很小,把要考试的部分准备好就可以了。抗战那些事情已经过去很久了,完就完了,懂了也没用!把考试考好了才是真的,上好大学找好工作才是正事,其他的事情,随便!

我们同学有很多在学习上是非常优秀的,但是大家都只抱着冲刺高考的决心和信念,其他的事情都要给高考和学习让路,做一切事情都要看是否和高考合拍。好像高考就是生命里的一切,高考就是我们这些年轻人需要战胜的最大的敌人。仿佛我们再次回到了革命的年代,只是表现的形式和内容不同罢了。想想那些抗战时期信誓旦旦的军人,那会儿都认为为国家战死是一个军人莫大的荣誉,而我们现在,老师、家长和学生自己,摩拳擦掌地认为高考状元才是最高的荣誉!北大、清华这些当年盛产爱国主义、培养民族精英的思想圣堂也俗得每年争抢高考状元。用主持人孟非的话讲:"我不管你变态不变态,不管你爱不爱国,只要你考100分,那么你就是好孩子。"一个比赛分数的时代如火如荼地在我们国家进行着。战争时期的军人为国家献身,和平时期的学生为高考献身。怎么说那些抗日战士都是有理想的,有高度的,而我们却只能在很低级的层面紧忙活。

毛泽东、邓小平都不是什么科举状元,也不是高考状元,但是他们改变了近代的中国历史。从中国恢复高考到现在又过了半个甲子了,那些昔日的高考状元,那些科技大学天才班的天才们大多消失在了茫茫人海,连个泡儿都不冒了。他们的孩子想必也到了高考年龄,可能那些状元们还会眉飞色舞地告诉他的孩子们:"老子不会创新,但是老子曾经是高考第一!毛泽东、邓小平都不如我厉害,他们没有我有水平,他们都不知道高考第一是多么美妙的滋味。"

我们的大学不再是稀缺资源了,北京考生的录取率已经达到80%以上,台湾已经达到99%。也就是说,大学已经是我们的普及教育了,老爸上大学时候那个干吃馒头都幸福的"天之骄子"时代一去不复返了。所以,现在就不应该只是一门心思地高考了,也该想想自己喜欢什么,要做一个什么样的人,实现什么样的人生价值。中国的90后们,也许这个对我们才是最重要的。

我想把《最后的武士》的结尾改一下,胜元将军(日本武士代表)+阿汤哥(西方武士代表)+中国教委主任(中国武士代表),他们构成现代的"三贱客":他们挥舞着手中的武器,声嘶力竭地为自己的荣誉与尊严杀向敌人的阵地。在阵地上,另外两个更疯狂的武士在那里等着他们:堂吉诃德和他的死党桑丘!

云 之 南

从宜宾开始一直到昆明,是连绵不绝的云贵高原的山脉。公路也不是高速,只是一般的收费国道。大车小车夹杂在一起,而且总是单片修路,左面修完右边修,这边排队然后那边排队。进入云贵高原,老爸开始非常小心地开车,能跟就跟,没有把握绝不去超车。这样每天的行车里程数下降到了300公里,时间肯定得增加了。云贵高原的路真是险,山路崎岖陡峭,不时还能看见事故车。我开始担心我们从北京拉来的那三块石碑的安全,上天保佑那三块纪念碑千万不要出现任何问题。我给大车司机打了几个电话,得知除了两天汽车修理外,一切正常,而且他们与我们的距离几乎是同步的。

出发前我们给纪念碑订了一个大木箱做外包装,里面还有很厚的苯板包装,并用钢丝绳牢牢地捆在了车厢的最里侧。三个纪念碑重量大概在1000公斤,没有机器设备根本抬不动。装车的时候司机还问什么东西这么沉?我告诉他,是献给五万多战死在异国亡灵的纪念碑。没想到那司机看了我一眼说:"爷们儿,放心吧!我会非常小心的,这事情值得!"

每天早晨起床我们都要吃得很饱,因为不知道午饭会在哪儿吃,而且也不敢瞎吃,怕吃不好拉肚子什么的。我们路上基本是吐司面包和可乐,到最后基本上是一天两顿饭,早一顿晚一顿,晚上那顿几点吃也没准儿。反正在路上的时候,吃不好是太正常的事情了。

进入昭通就开始下雨,一直下到昆明。在昆明的环城路上转了一个小时后,"小红马"终于上了大理的高速路。晚上七点,我和老爸在洱海边的一个酒店打尖儿,打开电脑一看"谷歌地球"下载的照片,啊,我们终于就要到达照片上的地点了!

那是谷歌地球上显示的在中国片马海关旁、六库山上的一座教堂。这里应该属于横断山高黎贡山脉。走了无数的山脉,我们基本已经分不清了。

大理到保山的高速路时断时续,搞不清楚是省路还是县路。又走了一天,下午3点才赶到保山。这里曾是中国远征军的司令部,卫立煌将军曾经在这里指挥作战。

离开北京已经12天了,体力已经严重透支。老爸从没有开过这么远的路,也累得要死。每天十多个小时的行车时间里,我们俩都是全身疼。进入四川后,我们每天在餐馆吃的饭基本都是扬州炒饭,而且反复向人家强调千万不要放辣椒。最讨厌的就是南方的蚊子,对我们这些外乡人真是格外热情。我们满世界去买曼秀雷敦药膏,躺在保山的床上彼此数着被蚊子咬的包。即便这样,我们还是整整睡了12个小时。

前面我提到的那本叫《远征》的小说,主人公岳昆仑就是从片马这里出国的。但是1942年,中国远征军第一次是不是从这个口岸开赴缅甸的我们不得而知。从戈叔亚老师的博客,我了解到戴安澜将军的遗体是从这个口岸回到祖国的。200师的余部也是从这里回国的。

我们终于从北京的古北口南天门来到了云南的南天门。郑洞国将军、戴安澜将军也可能站在天堂里看着我们,还有野人山那些战死的亡灵。我们终于来啦!

在沸腾的云里,我们艰难前行。按地图显示,在130公里处就可以看见怒江了。我们从北京出发后,经过了汉江,黄河,长江,金沙江,澜沧江,大大小小的河流无数。怒江是最后的一条大江了。按老爸的话讲：大江大河我们都过来了，现在所要做的事情就是找到山里那座美丽的教堂，然后把教堂里的牧师或者主教什么的侃倒，把纪念碑建在那里。在中国，这个教堂可能是海拔最高的了，按云层计算应该算离天三尺二了。其实我们一直在云上行走，天已经在我们的脚下了。我们应该像迈克尔·杰克逊一样跳段太空步。

在里程k93+590处，我看见了怒江！我把憋了4000公里的力量全都使出来，高喊："怒江，我来了！"

怒江，我来了！

"美丽的教堂"

过了怒江边的边防检查站,我们就进入了六库。穿过六库我们就离那个教堂不超过30公里了。顺利的话,半个小时我们就可以和牧师或者主教大人侃侃而谈了。

沿着怒江边唯一一条的县路向泸水开去,但奇怪的事情发生了,我们就是找不到那条去往教堂的山路。这里网络信号已经非常不稳定了,为了把谷歌地图下载下来,我们来来回回跑了不下五趟。最后我们终于发现了路边的一个教堂,也找到了这个教堂的负责人。他是中国云南傈僳族的阿慕斯大叔。大叔非常友好地请我们在他家院子里坐下,我们打开电脑让他看那张谷歌地图上的教堂,阿慕斯大叔用非常认真的口气对我们说:"没有这个地方!"

"没有这个教堂?!"我和老爸不约而同地喊了出来,把阿慕斯大叔吓了一大跳。

阿慕斯大叔告诉我们,他是这里的基督教负责人,在这个教区已经快20年了,这里的教堂他都去过,所有的教友他也基本都认识,但就是没有见过这个教堂!

阿慕斯指着地图上的那条路说,的确有这么一条路。我们赶紧请他指给我们看。这个路非常奇怪,要穿过一个大院子然后才能上山。而且那条路有几个非常急的转弯,路两侧完全没有护栏。我们还在计算大概的公里数的时候,阿慕斯大叔突然想起了什么,说道:"那里好像是有一个教堂,但是已经很多年不用了。有一个怪老头儿,一直守着,他和谁也不来往,也很少看见他下山。从这里到山上大概有20公里,上帝保佑你们。"

告别了阿慕斯大叔,我们开始向那个无名山进发。这是一条非常窄的路,很多地方都不能错开车。这时已经是下午3点了,我们又开始像驴一样在山路里转了起来。开始的时候那些当地的村民还看着一辆北京牌照的车感到好奇,后来看都不看我们了。我们怕再走冤枉路,见人就问,修路的、守桥的、等长途车的,坐在门口不停傻笑的村姑、不会讲普通话的老人,总之所有可以问的人我们全问了,但还是没人知道那个教堂!我和老爸开始大骂谷歌地球坑爹!

此时,老爸看着那山路开始有了放弃的念头,嘴里叨叨着,这山也太难走了吧,出任何事情都会完蛋的。什么是"初生牛犊不怕虎"?什么是"无知者无畏"?我竟然开始给老爸打气。我拍着老爸的肩膀说:"老爸你总说,人生不要留有遗憾。4000公里我们都过来了,就差这10公里了。你老是向我说的那句话是什么来着?"老爸看了我一眼,我们再次一起喊出:"不放弃,不抛弃!"

我们又一次穿过那个院子大门的路,这次应该是阿慕斯大叔说的那条路了。老爸虽然嘴里说,应该还有七八公里吧,但是我发现老爸的车速真的降了下来。山下就是怒江,江流越来越细,山越来越陡。老爸眼睛完全在山路上,根本就不敢往下看,嘴里还不停地叨叨:"快了,再一会儿就到了!"

我的心里根本就不知道害怕。我现在真的是在高黎贡山的群山里吗?我是第一个来这里的北京少年吗?六十八年前,当中国远征军从这里开赴缅甸时,这些部队里也应该有北平人吧,也应该有我们北平的学生吧,他住在北平的什么地方?他是200师的吗?(2012年1月8日星期日,我终于见到了一个来自北京200师的老兵——田庆平老人。)

老爸嘴里还在叨叨:"应该就是这个地方了,所有的弯路都和地图显示的一样。"我们在一个路宽一点儿的地方停了下来,再次打开电脑,打开那个下载的地图。我看着山下的怒江,它真的很美!山里安静得只能听见小鸟的叫声,路两侧都是各种大树,完全看不见其他东西。山里根本就没有其他人,只有我们俩。

我们正不知道是该前行还是该后退时,突然听到一阵清脆的铃声,前面的弯路上出现了一群牛,一个小牧童远远地看着我们,然后非常善意地向我们一笑。

我们向他招招手,他看着我们的车牌对我们说:"北京来的?"

我们说:"是。"

他说:"很远的路啊。"

我问他在这附近有没有这个教堂?他熟练地操作电脑,放大、缩小。我们呆呆地看着他,他诡异地用手一指道:"向上100米左侧就是。"我们随着他手指的方向看去,等我们再回头准备向他道谢时,他已经消失了!

是鬼?是神?我和老爸傻子一样站在那里说:"那小孩呢?"路的下方是条很长的下坡,大概有300米的样子,向上我们一直在看那个方向,可那个牧童无论如何都不可能转眼即逝地离开我们的视线。他去了哪里?此时我想起戈叔亚老师曾经在松山遇到过的经历。他在松山阵地上总是感到无数双手拉他的双脚。我对老爸说:"那小孩子会熟练使用电脑啊!"老爸说:"他说的是北京话,至少是北方话!"

车向上走了100米,看见了一条大概两米宽的小路。有路就应该有人家。四周都是植物和玉米。我们把车停好,老爸从后备箱拿出两根登山拐杖,我们人手一根走上那小路。老爸一定是走在前

小牧童

面,我们大声地说着话。不远处有狗在叫。大概走了30米的样子,一个几十平米的院子出现在我们眼前。所谓的院子其实根本就没有围墙。我们张着大嘴看着那个建筑物,晕!一个东倒西歪的破房子!房子上面一个十字架歪挂在那里,一个不知道多少岁的老头儿站在破房子门口等我们。他身边有三只土狗在向我们吠叫,但只是叫,根本就没有攻击我们的意思。这时我才明白老爸让我拿登山拐杖的意思。

我看着那传说中的教堂。4000公里啊,我们跋山涉水来到这里,怎么是这个结局呢?!谷歌你这个大骗子!谷歌你是个王八蛋!还说什么啊,那时我的心已经重重地掉到了山下的怒江里。

我们站在那里看着传说中的教堂,老头儿和他的三只狗站在那里看着我们。我们就这样站着,最后老爸打破了僵局,向那老头儿说:"你好!"

那老头儿道:"来啦?"像问候相识多年的朋友。

老爸说:"来了!"

忽然,我又感觉,这个老头儿已经死了很多年了,此时我们是在和鬼魂说话吗?又过了一会儿,老爸向那老头儿微笑一下说:"对不起,我们就是来看看,没有别的意思。"

老头儿点了一下头说:"好,来了就好。"他轻轻地笑了一下,转身走进了那个"美丽的教堂",身后闪过一道光芒!

看见老头儿走进教堂后,我们谁也没有说话,落荒而逃地钻进汽车,下山时我们几乎是以俯冲的速度冲回了六库。

俯瞰怒江

正义与生命

在六库的香格里拉饭店里,我们终于恢复了平静,望着窗外滚滚的怒江,商量着下一步怎么办。传说中的教堂不存在,我们的计划彻底被打乱了。如果此次是来探险,我们应该继续沿怒江向上去怒江大峡谷,然后在美丽的香格里拉结束我们的行程,若是这样我最少可以和同学吹上几天几夜。可我们是来立碑呀,正事儿要紧!

我们列出几个新的候选地址:

一是腾冲,那里有一个"国殇墓园";二是松山,《我的团长我的团》的真实战场遗址;三是1942年决定中国命运的惠通桥。

我们找出了一个电话,腾冲县文化部李继东副部长的。既然来了,就绝不能就这样回去!怎么都会有办法的。

和老爸商量好之后,伴着怒江东流的声音我进入了梦乡。梦里我又见到了教堂的那个老头儿,他和那个牧童站在一起。那个老头儿像谁?好像在哪里见过的,但一时想不起来……

六库到腾冲的直线距离不过100公里。我们早晨8点半出发,计划中午在腾冲吃饭,下午去县政府找李部长。后来发现,计划就是计划。我们忽略了一个关键的问题,那就是实际的路程有160公里,而且我们要翻越一座可怕的高山——高黎贡山。

腾冲古时候叫腾越,是南丝绸之路上的一个重镇,位于喜马拉雅山山脉高黎贡山西峦,东面大理、西扼孟拱、北控片马、南瞰瓦城,是我国西南国防唯一的锁匙。由保山到腾冲虽然不到200华里,但是关山重重,高峦深谷,处处都是天然险要。每秒五里流速的怒江由北向南横亘其间。据书上记载,高黎贡山最高点有七千公尺以上,最低点也不下三千公尺,云雾笼罩,瘴气弥漫,山路崎岖,到处都是悬崖峭壁,古诗上还有"猿猴欲渡愁攀援"的说法呢。

高黎贡山上的北斋公房是第二次世界大战中海拔最高的战场。当时的战斗十分激烈,只是我们这些外乡人根本就不知道战斗发生的具体地点。于是,我们只好认定最高、最险的那座山峰就是当年的战场,据《民族光辉》一书的描绘:"五九二团从五月十一日强渡怒江之后,经过三次猛勇之攻击,将高黎贡山上的日寇坚强据点——灰坡克复,那是日寇凭以顽强的据点——五九二团当时继续攻击下一目标,是一夫当关、万夫莫开之形势的高黎贡山最高峰,海拔三千四百米的冷水沟高地。在蛮云街及灰坡被击溃之残余日寇,也集中在冷水沟高地……"

在中国高黎贡山的灰坡上,一个美国大兵被击中倒下了,他是无数阵亡的士兵里的唯一一位美国军人,他的冲锋并不是为了保卫他的祖国,但他一头栽倒在高黎贡山上再也没有爬起来!他是谁?他的后人在哪里?2002年,章东磐老师、李正老师和美国的江汶女士做了一个《寻找少校》的故事。他们根据一张战时的照片发现了一场60年前的葬礼,一群美国军人给一位美军士兵下葬,被下葬的是谁?他们想找到这个阵亡的军人,和那些在中国战场帮助中国人民而牺牲的美国英雄的后人。

在腾冲墓园的石碑上刻着一名美国士兵的名字:夏伯尔。这是"文革"后仅存的一位美军阵亡士兵的墓碑。

离开北京前,我从网上下载了几部美国战争大片:《拯救大兵瑞恩》《护送钱斯》《父辈的旗帜》《勇敢的心》《侍》。

在《拯救大兵瑞恩》中的奥哈马海滩,我看见斯皮尔伯格把战争的恐怖完全展示了出来,那种感觉真的是和平年代没有经历过战争的人无法想象的!奥哈马海滩是美国人的冲锋之地,高黎贡山的灰坡是中国军人的冲锋之地,结果一样,无数的战士倒下了,无数军人剩下残缺的身体,无数的母亲在远方为自己的孩子祈祷。交战的双方都知道对方也有母亲和家人,但他们只有杀死对方才能够生存下去。这是战争!

  2005年二次世界大战胜利60周年,一个美国大兵和一个德国大兵在奥哈马海滩作为纪念人士再次相聚了。他们见面后开始询问对方在那一时刻彼此的位置。他们第一次见面是60年前,也是在这里D日,不同的是美国大兵是从下向上冲锋,德国大兵则是在碉堡里拼命地防守。美国大兵说:碉堡里机枪向外喷着死亡的火舌,他的战友一个一个倒下了,他是不多的幸存者之一。他当时恨死那个碉堡里的德国人了。德国人则说:当时我就是那碉堡里的机枪手,看着一群一群的美国士兵向上冲锋,当时他脑子里只有一个想法:射击,不停地射击!如果美国人冲进来了,他就得死,所以他不停地射击,不停地杀人。他不是为了杀人,他和美国人没有仇恨,他只是为了活下去。

  与此同时,一位美国海军战士和一位日本海军士兵在夏威夷海域寻找战时沉没的日本潜艇。找到大致的海域后,日本士兵向大海抛撒鲜花,而此时美国海军脱帽行礼。此时,曾经交战的两国士兵超越了信仰,超越了正义与非正义,超越了国家。那个美国大兵抬手的一霎间,我想他们是在为生命而致敬。他们在告诫全世界,要和平,不要战争。可是,不知道为什么,现在美国人还一直在打仗,伊拉克、阿富汗……不知道他们说的民主、自由、人权的核心是什么?难道战争是取得这些的唯一手段?我不相信!我反对战争!

缅甸野人山

对于抗战时期的中国军人和现在的中国军人来说，但凡知道"缅甸野人山"这个名字的，都会一想到它就毛骨悚然。我们翻阅抗战历史资料时，也是从心里抵制重温这次战役的历史，但是又不得不去打探究竟。我和老爸认为，缅甸野人山就是一个中国军人和日本军人的坟场，先埋的是中国军人，随后日本军人也没有逃出去。后来，累累白骨堆积在一起，早已分不清哪个是中国人哪个是日本人。交战双方在这里没有赢家，中日双方都损失惨重。

战后，日本人不停地在那里招魂做法，其实无外乎是认为那些鬼子不应该死在那里。其实他们死在野人山也好，死在中国也好，死在菲律宾也好，注定都成了异国的鬼魂。如果按某些宗教理论讲，人死后是可以转世的话，那么那些日本士兵再回到这个世界时，也只能是转世成为死亡所在国家的人民，永远不会是日本人了！不管日本的大仙儿们的法事做得多么隆重、多么玄乎，他们都是在给他们昔日的敌人增添人口。哈哈！

只是，对于野人山的五万多中国远征军来说，我们亏欠得太多太多了。在美国电影《护送钱斯》里，当美国大兵钱斯在美国宪兵的陪护下乘专机到达美国，然后辗转回家乡的时候，我觉得美国人对自己的军人太有责任心了，花多少钱也要把自己军人的尸体拉回来给家属一个交代，也完成政府对他们的郑重承诺。

尽管没有人知道他是谁，沿路的人只知道他是一个为正义献出生命的年轻人，没有人问及他是怎么英勇战死的。所有人尊敬的都只是钱斯的生命本身,战争的正义与否好像已经不重要了。因为很多人早已明白,所谓正义有的时候根本就是一个借口,而且人们都已经明白,所有的战争都是以正义的面目出现的,有的时候越正义越残忍,越残忍越有"正义"性,而人类却在为"正义"付出生命。在世界历史上,几乎所有的国家、朝代都会强调自己所发动的战争是正义的、光荣的。当政的政治家们和战争的忽悠者都会忽悠战争的伟大使命。但不管是什么借口,都是以自己国家的人民和交战国的人民做牺牲品。这些伟大的"正义家"都应该看看《哈姆莱特》,应该都明白哈姆莱特死前的那段关于生命与死亡是多么的无奈和凄惨的独白。我想哈姆莱特自己也不想死,是莎士比亚为了正义而让他死。哈姆莱特用死亡彰显了正义,但死亡伴随着正义,正义伴随着战争。结果是一样的,无论输赢,都是失败者。

在片马的山里,我想起了70年前在缅甸野人山的那次中国军人的大溃败。现在的很多人都知道在此次溃败前的1934年红军的"万里长征"。两次的人数差不多,而所有战士的脑子里都只有一个字"跑",不同的是红军跑向陕北,野人山的中国军人则是要跑回中国。但红军靠着信仰的力量胜利了,而野人山的中国军人却严重判断错误损失惨重。

根据戈叔亚叔叔《远征军败走野人山路线考证笔记(1)》的考证和记载,杜聿明率领的第5军军部和新22师,从野人山徒步行走到印度的阿萨姆邦小镇雷多,共历时114天,行走650公里。出发时有15000人,最后仅仅剩下2000多人。他们平均每天死亡131人,平均每公里死亡23人,死亡率86%。需要比较一下的是,孙立人率领的新38师撤退印度仅仅用了18天。

按幸存者的说法,"1942年从缅甸野人山走出来的中国士兵就是一群叫花子,根本就没有人样儿。"如果说红军是长矛大刀的地方武装的话，那么中国远征军的编制与番号可是当时国民党数一数二的王牌部队。

日本人想把中国人关在笼子里打，一直到打服了算。但日本人在家里一算，如果这样打下去，大日本帝国得出多少军队才能把中国这个大家伙给按住啊？而如果把所有中国对外的出入口都堵死，打不死你也要憋死你，就可以节省日本的军力。

中国人不怕死，日本人也不怕死，这两个不怕死的军队在缅甸，王牌对王牌地又干了起来。日本方面第18师团、第56师团在日本军队的序列里都是数一数二的；中国方面单看参战将领就可以看出有多么王牌，第5军军长杜聿明、200师师长戴安澜、新编22师师长廖耀湘、第6军军长张轸、第66军新编38师师长孙立人等。可以说，蒋介石把"禁卫军"都拿出来了，但是即便是这样的王牌部队，却还不是日本人的对手，整体水平还是差着一个档次。

从北京的古北口开始，可以说我们是沿着中国军队屡战屡败、屡败屡战的路线一路下来的。从1933年北京古北口长城抗战一直到2010年的野人山，我们这一追就是77年。将士们都已作古而去，战场也是物是人非了。

戈叔亚老师、李正老师这些民间的历史学家，带着对历史真实与求实的敬业精神，都曾经想重走一下"败退路线"，想将历史更多地还原给后人，填补缺失，告慰那些依然在异国他乡飘零的中国军人的灵魂，哪怕只是在他们牺牲的土地上洒上一杯中国烈酒。70年过去了，当年亲身经历野人山的在世的中国军人已是寥若晨星，他们都会魂归战时他们的编制——他们不属于这个党派或者那个组织，他们都是"中国远征军"的一员。

第一次中国远征军进入缅甸时有10万人，回到中国和到达印度的不到5万人，也就是说我们有5万以上的中国军魂在缅甸国土上。当时，我们战死的部分著名将领有：

1，齐学启将军，新38师副师长，垫后掩护主力转移并沿途收容伤兵，被日军偷袭，伤重被俘，后在仰光战俘营被汉奸刺杀身亡。

2，吴一彬将军少将，第5军96师副师长，1942年6月27日，缅甸埋通牺牲。

3，戴安澜将军中将（追授），第200师师长1942年5月26日，在缅甸茅邦村牺牲。

4，林泽明将军少将（追授），第96师288团团长、腊成警备副司令，1942年4月，缅甸平满纳会战牺牲。

5，柳树人将军少将（追授），第5军200师599团团长，1942年5月，缅甸牺牲。

6，李著林将军少将，滇缅警备司令、远征军兵站参谋长，1943年夏，缅甸牺牲。

7，陈凡将军少将，远征军司令长官部高参，1944年1月31日，缅甸牺牲。

8，张健洪将军少将，第5军高级参谋，1944年1月31日，缅甸牺牲。

当1946年美国的直升飞机将灰坡梅姆瑞少校的遗体运回美国时，尤其是电影《护送钱斯》在全世界放映时，美国人或者美国政府似乎又在手把手地教我们什么是对生命的尊重。这堂课不再是炮步协同，不再是空地一体，我们可以嗤之以鼻，说美国人在装，说美国人有钱，美国政府在做给美国人民看等等。但，至少这表明的是一种态度——所有的战争都是以国家为单位组织和发生的，任何己方的军人都代表这个国家，打赢打输是一回事，但是战争遗留下来的

"屁股",一定得是政府来"擦",这是政府的责任,国家的义务!

在腾冲,李正老师说,刚刚接触这段历史的时候,他都想化装成当地少数民族的模样,学习他们的土著语言,然后偷渡到缅甸去查找历史真相。但是怎么感觉都是偷偷摸摸的,有损于国家形象,毕竟这不是小事。一段虽凄惨但却并不屈辱的中国近现代史却要靠一群民间人士以偷渡的方式进行考察,简直是太坑爹了。我们中国现在GDP世界第二,我们发射卫星已经像放个炮仗一样容易了,我们是常任理事国,我们有原子弹,我们有核潜艇,我们有上万辆坦克,几千架飞机,倘若我们的政府派出一个工兵团去缅甸收拾那时中国军人的遗骨,简直是像吃一根大葱一样简单。日本福岛地震,中国捐了2个亿帮助日本灾区重建,看来我们还是很有钱的嘛。而且,如果我们派一个工兵团去收拾野人山中国军人遗骸,也比每年征兵的时候"哇哩哇啦"对我们年轻人讲半天该如何爱国效果好得多。

走过野人山的女兵陈庆珍(已故)

腾　冲

　　下山的路上一会儿下雨一会儿晴天,总算离腾冲大概只有10公里了。进腾冲的路实在是太破了,可竟然还有一个收费站?这样的路还收费?腾冲交通局的领导真是敢想敢干呀!在我的感觉里,腾冲应该是翡翠满地,就像山西到处都是煤一样。山西是卖煤的比卖菜的多,腾冲则是卖翡翠的比卖大米的多。

　　在知道中国远征军之前,我先知道的是翡翠,后来才知道滇缅大反攻。记得小的时候,老爸曾说以后有机会一定要去腾冲赌玉,看看自己的手气怎么样。现在没想到我们离腾冲这么近了,我斜眼看了一下老爸,说:"你赌吗?"老爸知道我在说什么,"嘿嘿"一笑说:"我都见过翡翠山了,在这里就不赌了。以后会有人送我们翡翠的!"

　　老爸说的那个翡翠山在哈萨克斯坦共和国,两年前老爸带着十几个中国工人去那里做工程,开始非常顺利,没想到金融危机爆发了,老爸的合作伙伴卷钱跑了,老爸和另一个中国朋友杜里空去了一个产翡翠的旧矿场。老爸说来到哈萨克就是欠钱来的,没有赚到一分钱,走时一定带点臭不了的纪念品回去。

　　他和杜里空开了一千公里,还真找到了那个废弃的矿场。他们的胆子真大,那个地方现在根本就没有人,也没有正经的路,完全是一片荒漠,而且可以看见狼。看来宝藏真的是可以让人不顾一切的,人真的是贪婪的动物。

　　老爸嘴上说他们不是贪婪,但是我想他们看见翡翠时眼睛一定都是绿的。他们流着口水看着翡翠山,日本人流着口水看着中华大地,还有一些人流着口水看着权力。

老爸说找翡翠矿场和找这个美丽的教堂一样,都是没有准确地址,只有一个大概的地点,具体情况也不清楚,反正就是带着热情和好奇就出发了。不同的是,对那个翡翠矿场有好奇,也有想发财的欲望,但是对美丽的教堂则完全不同。我们这趟完全是为了追求正义和纪念民族英雄。翡翠矿场找不到就找不到了,没有什么大不了的,最多在朋友间落个笑柄。但是这次就不同,完不成任务真的是愧对先人,而且会给自己一生都带来遗憾。人生没有几次这样的机会,一旦错过,就可能是几十年!没准儿死的时候都会念叨的。

高黎贡山的路就是一个普通的国道,一边是上行一边是下行,路况也不是太好。这里没有秦岭那样的隧道,完全是一个盘山公路。那天的雾非常大,也可能就是云。反正我们一直在云山雾绕里前行,也不敢超车,乖乖地跟在大车的后面爬行。

这时我感觉老爸就像一座大山,他带着我爬人生的大山。真的快爬上去时,他就会告诉我你自己上去吧,然后告诉我那里的风景很美。我也知道真的到达山峰时,老爸又会鼓励我去征服下一座大山,然后再告诉他我看见的风景!

我们又走了一天,饿得满头都是星光闪耀,狠狠地吃了一顿火锅之后,我们住进了驼峰饭店。

国殇墓园

离驼峰饭店不远就是县政府。九点我们就去找李继东副部长,办公室一位女工作人员热情地接待我们,告诉我们李副部长出去开会了,大概两天后才能回来,还给了我们他的手机号。我们就在不远处的抗战纪念碑下给他打了电话,但李副部长为难地说,过去他接待过无数的纪念人士,他们用过各种纪念方式,但是为烈士立碑的我们还是第一个。真的不知道该怎么办,但是他愿意全力帮助我们。他还问了一下具体的细节和我们的想法,说让他想一下再给我们回电话。

我们又开始扬州炒饭了。我吃了两份,惹得饭馆里的女服务员都一直偷偷看我这个大饭桶,难道她真的不知道是因为炒饭好吃吗?

在抗战纪念碑下,我们闻着清新的桂花香。老爸在不远处与一个当地的老者在谈话,我断断续续地听见"文革"、砸了、现在的基本都是重建的,等等谈话内容。

想想,美国的民主党人会把共和党林肯的纪念堂砸了吗?不会,因为那是美国总统。美国人反对越战,但是也没有把越战纪念碑砸了啊!再有,我们一直仇恨的日本人为什么一直拼命地保护"靖国神社"啊?可在"文革"的年代,我们做了多少让历史、让外国人、让地球人都震惊的事情啊?

我们还会有癫狂的行动吗?"文革"的时候,我们这代人还没有出生,我们庆幸没有赶上那癫狂的时代。现在的唱"红歌"是不是也是一种"文革"形式的表现?找一帮老头儿老太太在那里高唱革命歌曲,这就是爱国?这些老头儿老太太当年用各种可笑的行动爱着中国,他们重口味的爱国歌声,真的让我们受不了。我们这些90后和00后,看着那些爷爷奶奶、大叔大妈们,还有那些声嘶力竭的领导们,就想问,凭什么说只有我们这些小屁孩追星才是脑残?他们不也是在追星吗?锻炼就锻炼,快乐就快乐,干吗和革命扯上关系啊?

就像我们的高考一样,你喜欢也好不喜欢也好,反正大家都去做。对也好、错也好都让领导规定好了,你们喜欢不喜欢无所谓,反正我们需要这样的方式。美国人会装,我们也会装,就看谁装得像、装得专业、装得让人无语。其实,他们为什么总用他们的理念要求我们90后00后啊?你们就不能动下脑子吗?把你们的"杯具"那么认真、那么庄重地送给我们,可我们根本就没有兴趣!你们看我们别扭,我们看你们想笑……

在街里,我们买了腾冲曲酒、糕点还有两个菊花花篮,准备去腾冲墓园。买花篮时花店的女店员还问我们,是不是去腾冲墓园。我说是,花篮一定要做好。女店员告诉我:"来腾冲旅游的人一定要去墓园,这里才是真正的爱国主义教育基地。"

国殇墓园位于腾冲县城西南一公里处的叠水河畔、来凤山北麓,是为纪念抗日战争时期中国远征军第二十集团军在攻克腾冲的战斗中阵亡的将士而建的墓园,目前是中国规模最大、保存也最完整的抗战时期正面战场阵亡将士的纪念陵园。建国后,墓园得以完好地保存,但在"文革"期间,国殇墓园作为"反动四旧",遭到了严重破坏,大量墓碑、墓穴被捣毁。

我们来到墓园门口。这天人不多,门口的停车场也没有车。我和老爸在车里上网查阅腾冲墓园的资料,一边说着抗战时期在这里发生的战斗。这时候另一辆车停在了我们的车旁边,车上下来了三个人。一个是60多岁的长者,一个是长发的、扛着摄像机的年轻人,另一个高个儿、方脸、长得很一般,但是在这个人眼睛里我好像看到了一股力量。门口的女服务员微笑地告诉我们,不要票,进去吧。我们和那三个人先后走进了墓园。

现在,很多的抗战史学家都在研究滇西抗战那段历史,包括许多的日本史学家也多次来到腾冲,与中国抗战史学家共同探讨战争。而且在那段时间里,我们还有一个强力的盟友——美国。虽然几年后我们就在朝鲜战场上打起来了,但是就那段历史而言,美国政府和人民对我们的帮助是不能被忽视的。

从我和老爸查找抗战文献开始,我们就进入了那段沉重历史的大门。今天真正走进这道真实的大门,我被中国人民悲壮、中国军人忘我的精神震翻了!不要说我们90后、00后没有信仰,中华民族几千年文化沉淀的精神就是我们的信仰!这里埋葬着中国远征军第20集团军3346名阵亡将士的遗骨,他们有一半以上的人没有文化。他们根本就不会什么奥数,他们不会像领导一样"哇啦哇啦"说革命道理,他们活着就是为了保卫国家。他们那代人没有什么幸福可言,他们没有汽车、房子,也不为争个处长的位子搞得你死我活的,他们唯一的愿望就是把侵略自己国家的人打出去,没有侵略的生活就是幸福!他们那代人的任务就是打仗。家已经离开很久了,对他们来说,家变成了一个非常遥远的名词,生与死就是一瞬间的事情。今天拿起枪冲上去,下一秒可能就被抬下来了,甚至,就躺在阵地上了,生与死只能完全交给万能的神。

晚上,我们再次遇见了那三个人。60多岁的是历史学家李正老师,研究滇西历史已经很多年了。高个儿、方脸的是我一生都会敬佩的胖哥李明辉。此外还有马姐、国殇墓园的杨素红阿姨、柏邵海叔叔。坐在腾冲的茶楼里,他们开始向我介绍当时战斗的惨烈。

战斗是怎么开打的我不知道,但是我知道这是一场惨绝人寰的战斗。我看过《民族光辉》里头的描述:"因腾冲北门之石碉堡及饮马河边之城墙拐角的石碉堡均被我野战炮摧毁,东面城墙又被盟军飞机炸出一个缺口。五十三军部队已经陆续到达东门外之大董和小董等地。腾冲已被重重包围,日寇处于四面楚歌中。在八月中旬的一个晚上,日寇乘夜色从被炸开的城墙缺口及炸毁的碉堡中蜂拥而出,那是企图逃跑,如果是出击,必在拂晓,如是逆袭,必在乘我军攻击顿挫之时。但是日寇逃跑的企图落空了,被本团第一营机关枪、八一及六零两种迫击炮予以猛烈轰击,日寇便龟缩回腾冲城内去了,其伤亡谅亦不在少数。"

腾冲战役中国远征军大概伤亡一万人,至今具体的数字还不详。古老的腾冲也毁于这场战火。这也是抗战时期我们收复的第一座县城。那时中国大概有200个县城,如果按这样的比例计算,我们如果打到东京,最少还需要300万中国远征军,再往下计算各种装备和物资,我们可以说:"中国破产了!"按这样的计算,我们就是把日本占领了,也没有资金和能力建设我们被打烂的中国和被占领的日本。

国殇墓园内19名美国军人墓　　　　　　　　　　　　　长亭外,古道边(国殇墓园)

真正的松山战役

我和老爸谈论《我的团长我的团》的时候,老爸说,建国这么多年来,中国总算拍了一部还算像样的战争片。过去中国拍的战争题材的电影,正面角色都正义的显得二,反面角色则傻到和猪没什么区别。老爸说,我一直不明白我们把敌人丑化到那种地步对我们有什么好处?证明敌人傻?证明敌人二?这样就显得我们高大了?敌人都蠢到那种地步了,我们还抗战了八年,不是说明我们比敌人更蠢吗?

当然,《我的团长我的团》也不是没有毛病。结尾,龙文章带着迷龙、阿意、孟痼子、何曙光、丧门星、不辣、老麦、全民协助等人占领了大榕树,然后日本人进攻,中国军人拼命防守,打了一个多月,最后和其他中国军队一起收复了松山。如果说是剧情的需要还尚可理解,但是如果真的是介绍松山战役,或者以松山战役为背景,教育现在的中国人了解那段历史的话,我们就认为这是一个历史对剧情的苦笑。日本人看了会说我们什么?中国人又开始"意淫"了?

如果按照历史真实去拍这部电视剧会怎么样?哈姆莱特、罗密欧与朱丽叶最后都没有美丽地死去;斯巴达300勇士一个没死,却杀死一万名波斯勇士,谁信啊?如果《我的团长我的团》里的所有那些主角和配角,不管是主力团的或者是川军团的那些炮灰都在松山战役中阵亡或者负伤,这样就尊重了历史,也尊重了那7000名阵亡的军人以及几千名受伤的战士。

我们八年抗战本身就是一部悲壮的大片,怎么改"剧情"都没用,320多万战死的军人啊！如果最后都获得了胜利,哪儿还需要八年啊！广电总局领导审查的时候,别老是用革命乐观主义精神调整剧情了,把历史的真实完全告诉给下一代吧！我们不会因此不爱国,我们不会因此灰心丧气。把历史的还给历史,这没有什么不对！形式搞得很酷,不如把历史的真实性显露出来。说实话不亏心。

真实的松山战役是这样的:1944年6月1日凌晨,中国第11集团军宋希濂将军命令第71军28师主攻松山,我方总兵力是2万余人,日方是1200多人,所属第56师团的拉孟守备队,指挥官金光惠次郎少佐。

松山战役整整打了3个月,荣誉一师和荣誉二师打到最后都丧失了战斗力。几十个将校军官和美国顾问团成员围着松山急得团团转,两万人反复冲击这么个2690米高的弹丸之地,却攻而不克。而对方只是一个少佐,也就是相当于中国的中校军衔或者是少校军衔的人在指挥。最后,中方阵亡7000人、伤亡过万人,第8军副军长李弥也和士兵一样冲锋。这是一座什么样的山？假如日本军队增援松山守军,我们还需要付出多大的代价？

我不做事后诸葛亮,也没有权力和能力去评判当时的军事部署。我能够理解在当时的情况下,中国军人只有一个办法才能战胜日本军队,那就是熬死他们,一个战壕一个战壕冲,一个士兵一个士兵消灭。

我们没有爬上松山最高峰。我只是站在远处,拿着高倍望远镜看着这座死亡之峰。那天清晨,我下达了进攻松山的命令,一个营的中国士兵在15分钟冲锋后只撤下了十几个人,接着又冲上去一个营,又是这样的结局……我的双手开始颤抖,我再也没有下命令的威武和勇气了。我看着我的士兵一个个被击中,一个个倒在血泊里。

我疯狂愤怒地吼叫:"给我炸!给我烧!"又上去了一个营……我已经拿不动手中的望远镜了,所有的将士都看着我,我却不敢再下冲锋的命令了。我胆怯了,我知道我冲不上这座山头,我们根本就不配做将军,连一个士兵都不如。无数双眼睛看着我这个崩溃的指挥官,我抱头蜷缩在地上。我害怕死亡,我的双眼开始游离在这个山上。我真的没有勇气指挥这场战斗,我没有那种顽强的意志,我想逃跑,我想躲开这里,我的意志告诉我:"我崩溃了!"

日本人真的欠我们太多了,真的不是一句两句道歉的话就可以化解这个仇恨的,我终于明白在东京秋叶原当老鬼子向老爸道歉时,老爸为什么说"不"了。

老爸说,日本人有一个很奇怪的想法。如果我们说,在抗日战争中我们死了很多军人和百姓,日本人就会说:"是啊!我们日本也死了很多的人,那是战争!"他们不说根本——他们是侵略者,是他们发动了战争!

老爸说,日本人知道中国人恨他们,但是他们却说:"战争过去那么多年了,怎么还老是提起来呢,怎么中国人还是恨我们日本人呢?中国人真是奇怪。而且,我们给了你们多少贷款啊,没有那些贷款你们中国根本不可能改革开放。"

我真的捷克斯洛"发克"日本人,他们拿着从中国抢来的2亿3千万白银的战争赔款,搞了全民普及教育,搞了工业现代化基础,回过头来又继续侵略中国!而且,日本把全亚洲人民都折磨遍了,和这个打完和那个打,他们不应该叫什么"大和民族",他们应该叫"大打民族","Fuck"的"大打民族"!

前段时间,中国的"毒饺子"进入日本后,全日本都在那里大呼小叫,那情形好像见到了中国军人在东京湾登陆一样,而且反复要求中国方面道歉,可是他们在亚洲杀了那么多的人,却在道歉问题上像一个伪娘一样磨叽、做作！如今，该道歉的鬼子们都基本死光了，日本人更可以找理由拒绝道歉了。日本人可以说，那不是我干的，谁干的你们找谁去。但是真正应该道歉的是日本政府和那个叫天皇的家伙。

每年的8月15日，我们称之为"抗战胜利日"，但日本却称之为"战争终结日"，他们用这个中性词，掩盖自己的侵略者面目，甚至把自己也变成了一群受害者。假如一个罪犯去抢人家的东西，结果自己从楼上摔下来断了胳膊断了腿儿，然后他告诉被抢者说，你看，我也是受害者，你别老说自己被抢的事儿了。这是什么强盗逻辑！

在战争道歉的问题上，我极度鄙视日本政府和那个叫昭和天皇的家伙。

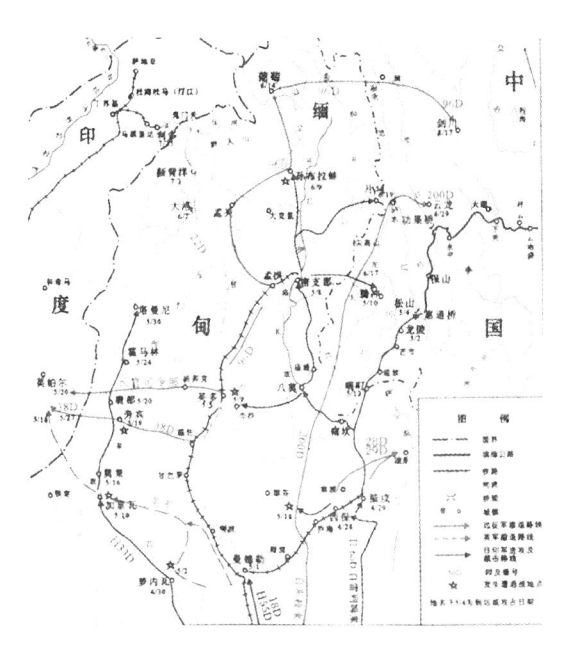

1942年中国远征军撤退路线图

孙立人与美国教育

老爸说当年去日本留学的时候，因为没有钱，所以打工的时间其实比上学的时间多。那时实在没有别的办法，因为我们中国是个穷国，背着一屁股债还留学，所以钱比学习重要。老爸一直寄希望我能够出国留学，真正的留学，学知识、学本领。而且我的偶像是孙立人将军，他是留学生中的佼佼者。现在，通过这一路走来，我更想出国学习了。

孙立人，安徽省巢湖市庐江县金牛镇人，1923年清华大学毕业，同年赴美留学，入普度大学学土木工程。1925年取得工程学士学位，随即申请入弗吉尼亚军事学院。中华民国陆军二级上将。

杜聿明，陕西省米脂县人，黄埔军校第一期学生。国民革命军陆军中将。

我没有能力去评论杜聿明和孙立人哪个更厉害哪个更优秀，我只是想通过他们的学习经历和背景，去探讨军人素质和教育对军人的影响。

杜聿明黄埔没毕业就参加了国内战争，可谓是身经百战。但是随着战争由国内战争转变成抗击外来侵略，由国内的驱逐战变成面对强大的日本职业军人的立体化战争，到战争的后期以及后来的解放战争，我就发现教育功底的薄弱在杜聿明的后半生暴露无遗，而正是这种薄弱造成了他人生中无可挽回的两大败仗：一是缅甸野人山；二是淮海战役全军覆没被俘。缅甸大溃败中，如果不是孙立人没听从蒋介石"撤回中国"的命令的所谓"抗命"的话，那么中国远征军也应该算全军覆没。

孙立人在抗战的后期渐渐崭露头角,因为他在美国所受到的现代化的教育,使之对战争的理解、运用战术的技巧、对军事装备和士兵素质的培养等方面,与他的上级杜聿明逐渐拉开了距离。

大家总说美国人打仗打的是装备和武器,进攻前先把你的综合实力炸他个乱七八糟,让你不能在最佳状态下和他较量,这的确不假。而且论勇气美国人绝对不是中国人和日本人的对手,也就是大家常说的美国人怕死,东方人敢于牺牲自己。东方人要把自己的生命奉献给祖国或者天皇,美国人却不是这样想,美国人认为爱国是爱国,热爱自己的生命是热爱自己的生命,两个事情不能捆绑在一起。而东方人则认为爱国和献身是一件事。

美国的教育也是一样,进入大学你就得什么都学,不管你学的什么专业,只要你进入大学你就得把一大堆相关课程都学好,而且不是中国的统一答案,只要你可以把自己的观点自圆其说就可以,越新颖越好,越和别人不同越好。坚持自己的观点也是非常值得让人学习的,也就是说人是不同的个体,那么所受到的教育和观点应该是不一样的。

中国有句古话:"将在外,军令有所不受。"中国军人对这句话的理解是:执行上级命令时可以进行调整,也就是在战术层面进行修改,但不是颠覆性的改变。毕竟"军人以服从命令为天职"!如果一上战场,各有各的主张,没有全局观,那相互之间无法配合,战争恐怕也是一塌糊涂。但是,长期养成的这种服从精神也会在关键的时候误事儿。比如野人山这样的时候,就特别需要指挥官做一个颠覆性的决定。

对美国人来说,下级可以向自己的上级提出不同的观点和认识,如果上级肆意浪费士兵的生命,士兵有权力向更高级别的上级提出,也就是执行命令和提出不同的看法都是应该的。保护士兵的生命是军官的责任,否则军官会受到军事审判,不管是战争时期还是和平时期,人的生命都是第一位的。这是美国文化的一部分。

还有一点,就是中国人讲义气。就像我们玩三国游戏一样,你不能从刘备那里把关羽和张飞策反了,因为他们是兄弟,大哥说怎么着就怎么着。美国人没有《三国演义》,所以他们不知道什么是仗义,和美国人做事情不要想和他们讲哥们儿义气。小的时候总是觉得美国人做事情特自私或者特孙子,其实这些都是文化的不同,美国人不讲哥们儿义气但是他们讲换算,讲双赢。

我认为,文化的不同,教育背景、教育程度的不同,造成了野人山二位将领的两种截然不同的结果。受过西方教育的孙立人带着自己的部队全身而退,而且保留了部队的完整建制和武器装备,而杜聿明、戴安澜则带着蒋介石"撤回中国"的命令走进了野人山,结果造成了五万多名中国远征军将士的非战斗死亡!军人服从军令没有错,而且在做出选择的时候,谁也不知道后来的结局。但是,历史证明,在关键时刻,教育还是会起到至关重要的作用!

孙立人训练113团

中国军队与奥数

不知道哪年,有一个中国学生拿到了世界第几届奥数的冠军,(额滴神啊,达人啊!数学的世界冠军!乔布斯和比尔·盖茨也没有拿过这个玩意儿啊。看来我们中国人就是比人家聪明!)结果全中国的学生都开始学奥数。我是三年级开始学的,不学不行啊,数学考试都是这些玩意。老妈那几年不管刮风下雨都带着我不停地参加奥数班。但突然有一天教育部说,学校不许组织各种名目的奥数班了,我和同学们一片欢呼。结果是白欢呼,各种奥数班转为地下组织,他们开始卧底、潜伏!没办法,我们开始违反国家行政命令,继续学习奥数!到现在奥数已经非常合法化,价格也是非常合法地高!后来教委又是八令九申,但根本就没有人听,因为巨大的奥数产业链已经形成,最后教委也知趣,连说都不说了。

古代文人进京赶考的时候,就是那几本书。而且答案都是朱熹式的,别的一律不行!现在呢,其实也没有什么进步,还是统一答案,而且是越来越统一。中国别的没有现代化,教育已经完全是"现代化"了,我们都是一群工业制品,好一点儿的是奔驰、宝马,次点儿的是奇瑞、松花江,而且零部件和流水线也完全国产化了。我们穿着统一的校服、学着统一的教材,我们在拼命地考试,不管有用没用。就像生产汽车,每年800万的产量,好卖不好卖是一回事,反正生产出来放着也不会臭了。松花江从原来一辆卖六万到现在两三万,反正总有人买,卖不出去就库里放着吧。汽车越来越国产化,也和我们一样越来越便宜,奔驰、宝马都是合资的了,世界上所有的好车都可以到中国来,我们中国反正有的是廉价劳动力,给你们生产,给你们代工。我们要忙活起来,要让全世界的产品都刻上"中国制造"的字号。

有时候我感觉,我们就像是长征中的红军和野人山中的中国军人一样,他们脑子里只有一个字"跑",我们也是一个字——"考"!管他对与错,反正大家都这么干。他们为什么跑?为了逃命!我们为什么考?为了奔命!他们和我们都是一样的,执行上级的命令!野人山倒下的军人死了,说好听的是牺牲了!我们在奥数的路途上倒下的学生,说不好听的都是"坏学生"!

金融危机后美国人没钱了,张开双臂欢迎全世界的学生去美国留学,于是无数学生开始奔赴大西洋彼岸,看着几亿几十亿几百亿美元哗哗流进了美国大学的账号,我们中国的教委老大不知道着急不着急。他们坚持自己的所谓"狠抓基础"理论,所有一切都按标准化形式进行准备,坚信只有千锤百炼才能成佛,搞得我们一群高分低能的孩子在那里夸夸其谈——所有的理想都是浮云。我们毕竟是学生,是孩子,这样的做法对我们合适吗,公平吗?我们的教育难道一定要把我们培养成没有激情的"大脑炎"?

我们学个什么居然都要考证,从小学开始,美术、钢琴、跑步、英语、航模、古筝等等,我们这些学生都是专业考证的工具,考得越多越有才。

当美国老师问我们同学"你的特点是什么?你与别人不同的地方是什么"时,我们同学告诉大鼻子老师:"我考的钢琴是九级,他现在是八级,这就是我和他的不同!"

老师继续问:"我是说,你和他有什么不同?"

这个学生再次告诉大鼻子老师:"我是钢琴九级,他是钢琴八级,这就是我和他的不同!"

大鼻子老师疯了!脑残了!打飞的去另一个城市坐动车去了!

秋叶原的老鬼子对老爸说，我们都是有文化的军人，你们军人都没有文化，所以你们中国打不过我们日本。这话他说得非常对，对老爸的刺激也非常深。全世界打仗没有一个国家说，我们别打了，我们按考试的分数一决高下吧！我们高举着"为中华崛起而读书"的大旗在考试，我们的教委从美国人那里学会了忽悠，但是美国人忽悠的是外国人，而我们忽悠的是自己人，是自己国家的未来呀。

孙立人在野人山"考场"门口看了一眼，悄悄地告诉我说："兄弟，这个试不能考，一考就糊，代价太大，我们闪！"结果他带着38师的弟兄们搞了一次户外拉练，18天就到了印度。但是他在印度的国土上依然维护了中国军人的名誉！跑回中国是爱国，没跑回去一样是爱国，"他大舅他二舅都是他舅"！

几年前，北京高考状元李同学带着耀眼的光芒报考美国最NB的大学，结果被11所大学全拒。我承认李同学比我优秀，人大附中的优秀学生！那可是高考的黄埔啊！我没有嘲笑李同学的意思，我只想告诉他，你的老师是中国老师，中国的玩儿法只代表中国，根本就不具有世界性，所以你"败走野人山"根本就不是让人惊讶的事情。

不要觉得我们的所谓的基础好就多么了不得，当电脑的运算速度已经达到N个10次方时，当无人飞机漫天飞时，我们已经输了。美国战略家们喝着咖啡，乐着说："让中国教育继续挖他们的大山吧，谢谢中国，这两代人他们是超不过我们了！"如果我们真的那么那么优秀，为什么哈佛大学一年只招我们两三个学生呢？美国人的脑子出问题了，还是out了？都不是，是我们和他们的教育有代差。我们可能在某一项上能超过人家，但是综合实力，我们差得很远。高考的"野人山"谁愿意走谁走，反正我是不去！

飞虎队的牛仔们

腾冲的天气太好了,湿湿的,润润的,不时飘过一缕淡淡的桂花香。网上说最适合人类生存的城市就是50万人口以下的小城市,我喜欢这样的小城市。这里没有大城市的焦躁喧哗,什么都是不疾不徐的。如果像过去,自己家是个地方乡绅,我在这里读个私塾什么的,老爸再给我找个像小醉那样的老婆,其实生活也是蛮不错的,哈哈。小城市的人都想进大城市,可大城市的人却向往小城市,老爸总是说,他以后要在乡下生活,每天穿着大裤衩子,拉着自己的狗,唱着歌走在乡间的小路上。老爸说那就是他的天堂,最好再有可以钓鱼的地方。我能想象到老爸小的时候在农村是个什么傻样儿,真不知道老妈看上老爸什么了,而且爱得要死。老妈说这就是缘分。

老爸刷车去了,我坐在电脑前一边吃着葡萄一边开始搜索飞虎队。我在想怎么一个唐纳德竟然可以改变中国历史呢?就是那么一个刀砍斧剁的家伙,内心竟然强大到可以帮助一个国家战胜另一个国家?!他是吕布还是孙悟空?美国的教育为什么能够培养出这样个性张扬、飞扬跋扈,如此蔑视对手的人!美国的教育系统到底是如何培养人的个性的?他的童年是什么样的?他的父亲和学校是怎么培养他的?他的勇敢毫不逊色于任何亚洲的武士。这个美国牛仔竟然敢到亚洲来踢日本人的武馆,他的内心太强大了。唐纳德的理论是只用空中力量就可以解决日本,虽然费用很高,但是可以有效减少地面部队的伤亡,当时看他的理论好像有点邪乎,但是五十年后美国人就是用飞机把南联盟炸得找不到北的。

我崇尚自由的美国教育方式，他们以每个人的不同的性格、生活背景、理想抱负、特长喜好为主，培养一个个独立的、与众不同的人。就是这么种教育，让一群飞虎队的年轻的牛仔们，叼着烟、嚼着口香糖，在勇敢的嬉戏中完成了自己的蜕变。

周六一早，我们就和柏邵海叔叔、杨素红阿姨还有他家的小爷们儿出发前往界头乡。抗战时腾冲被日军占领，腾冲县政府以及我们的抵抗组织搬到了界头乡。那里也曾经是中国远征军反攻的出发地，听邵海叔讲，战时修建滇缅公路时，这个乡的人民响应政府号召，出动了一万多人，与其他乡的人民一起用最原始的工具——锤子和凿子，硬是在险要的山中凿开了一条原始公路，也就是最早的滇缅公路中国这一段的公路。最让人震惊的是，这些修路人以老人、妇女和孩子为主，因为男人都去打仗了。他们自备口粮，完全没要政府一分钱的报酬。累死、病死、摔死了多少人，历史根本没有记录。这真让我们无语了，我们后人不知道他们是谁，只知道这些人是各个西南少数民族的同胞。他们真的不知道什么是伟大的主义，他们只知道这是一条可以救中国的路。

飞虎队　　　　　　　　　　　　　　　　一条可以救中国的路

《答田岛书》

在界头乡,我们结识了文化站的赵站长。老爸和邵海叔叔他们在商量如何找个好地点把碑立起来。我则站在文化站门口,被一篇刻在石牌上的文章吸引住了。这篇文章叫《答田岛书》,全文如下:

田岛阁下:

来书以腾冲人民痛苦为言,欲借会晤长谈而谋解除。苟中国犹未遭受侵凌,且与日本能保持正常国交关系时,则余必将予以同情之考虑。然事态之演变,已使余将可予以同情考虑之基础扫除无余。诚如阁下来书所言,腾冲士循民良,风俗醇厚,实西南第一乐园,大足有为之乡。然自事态演变以来,腾冲人民死于枪刺之下、暴尸露骨于荒野者已逾二千人,房屋毁于兵火者已逾五万幢,骡马遗失达五千匹,谷物损失达百万石,财产被劫掠者近五十亿。遂使人民父失其子,妻失其夫,居则无以蔽风雨,行则无以图谋生活,啼饥号寒,坐以待毙;甚至为阁下及其同僚之所奴役,横被鞭笞;或已送往密支那将充当炮灰。而尤使余不忍言者,则为妇女遭受污辱之一事。凡此均属腾冲人民之痛苦。余愿坦直向阁下说明:此种痛苦均系阁下及其同僚所赐予,此种赐予,均属罪行。由于人民之尊严生命,余仅能对此种罪行予以谴责,而于遭受痛苦之人民更寄予衷心之同情。

阁下既欲解除腾冲人民之痛苦,余虽不知阁下解除之计划究将何如,然以余为中国之一公民,且为腾冲地方政府之一官吏,由于余之责任与良心,对于阁下所提出之任何计划,均无考虑之必要与可能。然余愿使阁下解除腾冲人民痛苦之善意能以伸张，则余所能供献于阁下者，仅有请阁下及其同僚全部返回东京。使腾冲人民永离枪刺胁迫生活之痛苦，而自漂泊之地返回故乡，于断井颓垣之上重建其乐园。则于他日我中国也不复遭受侵凌时，此事变已获有公道之结束时，且与日本已恢复正常国交关系时，余愿飞往东京，一如阁下所要求于今日者，余不谈任何军事问题，亦不携带有武器之兵卫，以与阁下及其同僚相会晤，以致谢腾冲人民痛苦之解除；且必将前往靖国神社，为在腾冲战死之近万日本官兵祈求冥福，并愿在上者苍苍赦其罪行。苟腾冲依然为阁下及其同僚所盘踞，所有罪行依然继续发生，余仅能竭其精力，以尽其责任。他日阁下对腾冲将不复有循良醇厚之感。由于道德及正义之压力，将使阁下及其同僚终有一日屈服于余及我腾冲人民之前，故余谢绝阁下所要求之择地会晤以作长谈，而将从事于人类之尊严生命更为有益之事。痛苦之腾冲人民将深切明彼等应如何动作，以解除其自身所遭受之痛苦。故余关切于阁下及其同僚即将到来之悲惨末日命运，特敢要求阁下作缜密之长思。

大中华民国云南省腾冲县县长 张问德
大中华民国三十二年九月十二日

我呆呆地站在那里，像在废墟里一样受到了惊吓与震撼。我惊呼初中课本里的《出师表》以后可以不用再学了，真应该用这篇文章代替《出师表》。与其听诸葛亮阐明自己如何忠君，真不如好好学习这篇文章如何爱国。想来胜元将军手中的武士刀应该在这个白胡子老者的笔面前当啷落地，他死都没有明白什么是"武士道"。日本的武士道可能向日本的武士解读了"武"与"技"的基础知识，但是真正的"道"应该是无"武"、无"技"、无"气"、无"威"的无"我"的精神。武士根本就不用去死,生亦有"道",死亦无"道"。道存在每个气、技、武、文、场之中,"道"意无形中,有形无谓之"道"。

　　日本这个学生其实永远学不到中华文化的精髓。

张问德老先生

威廉·芬德利

在界头乡永乐完小学里,赵校长欢迎我们爷俩儿这远方来的客人。我问赵校长我们是不是最远来的,赵校长说:不是,最远的客人是一个叫丽莎·芬德利的美国人。

学校现在放假了,我们坐在学校的走廊里,喝着茶,开始谈起这个美国客人。赵校长说,1945年2月14日一架飞机因故障迫降在学校外的稻田里,飞虎队的飞行员连滚带爬地爬出了机舱,被这里的村民救下了。战争结束后,他回美国做了一名牧师,但是因为政治原因,他却再也没有回过这里。去世前,他告诉他女儿一定要回界头乡去找到那些救助过他的村民。几十年后,他女儿带着他的遗愿来到了这里。

赵校长指着学校操场说:"这个操场就是他女儿代表他捐助的。"我立刻问赵校长他开的是什么飞机。

"P-38战斗机,"随后赵校长拿出他们的照片。我静静地看着那个年轻的飞行员。赵校长说,"他叫威廉·芬德利,他女儿叫丽莎·芬德利,他儿子叫比尔·芬德利。"

我再次遇见了鬼魂,也可以说我再次遇见了神明。那个照片里微笑的飞虎队队员就是"美丽的教堂"里的那个老头儿!就是那个在高黎贡山上驾驶P-38飞机呼啸飞过我头顶,向我怪笑的家伙!

我一边站起来一边哈哈大笑,赵校长莫名其妙地看着我,我告诉他:"就是他,我见过他。"

赵校长不解地问:"在哪儿?"

我指着远处的高黎贡山说:"在那山顶上,他还在那里!"

丽莎.芬德利与中国村民

威廉·芬德利,帅!

大国的胸怀

"吴石,男,国民党陆军中将,国民党党员。朱谌之,女,中共地下党党员。资料显示,二者可能都不是正式的中共党员,也不是什么共产主义的信仰者,但是这两位于上世纪50年代初在台北马场被同时执行枪决。"

"共产主义:(英文:Communism)是一种政治信仰或社会状态,现今的共产主义奉马克思、恩格斯思想为基本思想。共产主义主张消灭私有产权,建立一个没有阶级制度、没有国家和政府,并且进行集体生产的社会。共产主义设想未来的所有阶级社会将最终过渡成为共产主义的无阶级社会。"

"三民主义:孙中山所倡导的民主革命纲领。由民族主义(Principles of Nationalism)、民权主义(Principles of Democracy)和民生主义(Principles of People's Livelihood)构成,简称'三民主义'。是中国国民党信奉的基本纲领。"

看百度定义,三民主义好像还比较容易实现,而且好像和我们比较近,在现实的世界里我们也有学习的样板。而共产主义的定义,怎么看都有点太学术,太遥远,太理想。我想象共产主义好像是要把人类退回到原始社会,大家一起种地,一起狩猎,都穿兽皮,人类重新回到日出而作、日落而息的原始状态。我没有读过马克思的书,我也知道他老人家说的跟我说的肯定不一样,只是我会有这样的感觉。

其实，就是这么两个主义让我们中国九届了百年，国共两党第一次合作、第二次合作、第三次合作。谁最先不容谁的，谁最先下手收拾对方的，好像都应该是国民党蒋介石吧，至少大陆的历史书是这样写的。那么台湾的历史教科书一定是反过来的了？哈哈！我没看过，猜的。老爸老妈吵架的时候也通常都是这样的，各说各的理，两方面都说自己是正义的。但对历史来说，自己说的不算，应该把真实的来龙去脉告诉我们，让我们这代人和下代人站在更真实、更客观的角度去看待。

老爸说原来参加工作时都要填一个表格，其中有两项是"参加革命时间"和"政治面貌"。组织上通过这两项，基本就可以确定把人划分到哪个阵营里了——"革命"的还是"反革命"的。

我在网上查，"革命"一词的由来。古代以天子受天命称帝，故凡朝代更替、君主改年号都称之为"革命"。近代则指自然界、社会界或思想界发展过程中产生的深刻质变。《周易·革卦·象传》中说"天地革而四时成，汤武革命，顺乎天而应乎人"，矮油，我的妈耶，原来"革命"一词可以追溯到历史上那么久远的年代。

爷爷说，原来我们对"革命"一词的解释和理解是非常正面的，但是"文化大革命"后，这个词就出现了某些负面效应。人们只要一提"革命"，就会想到是"运动"的代名词，社会动荡，人整人。"革命"变成了就是让对方死，而且要踏上一万只脚让他永世不得翻身！靠，这也太狠了吧？还好我们没有生活在那个年代。如果我早出生几十年的话，那么那一万只脚里也一定有我的臭脚丫子！

我们的教科书上关于我们的祖国是这样说的：我们有960万平方公里，人口1370536875，内海和边海的水域面积约470多万平方公里。中国历史上，还没有哪一个皇帝或元首真正把他的国家走一遍的。在没有卫星的年代，皇帝不知道他的国家有多大，基本上是按照马跑多少天来计算。明代的皇帝索性就是爱多大多大,根本就不管,谁爱管谁管。康熙爷七下江南,肯定算是中国历史上最喜欢巡游的皇帝了,按现在的话讲:"康熙爷就是一个驴友"。

柏杨先生写过一本书,意思是说从尧舜禹开始,中国人就开始为了帝位厮杀,一杀就是三四千年,起初是为了抢夺江山而杀,后来就是为了坐稳江山而杀。近百年来我们先是民族革命,打倒清朝政府。随后是民族解放,抗击日本侵略者。然后是革蒋介石的命,最后是"文化大革命",革自己人的命!

回过头来看美国人,从最开始革英国殖民者的命开始到现在,除了一次南北战争外,一直都是革别的国家的命。最早革印第安人的命,再革希特勒和日本天皇的命,然后是革苏联的命,再往下朝鲜、越南、古巴、巴拿马、南联盟、阿富汗、伊拉克。美国对外国的革命有成功的,也有失败的,总体上讲还是不吃亏的。上面这些国家基本上被美国佬革得乱七八糟。但若有人忽悠美国人革自己的命,那没戏,没人听你的,因为美国有法律,你可以通过选举革掉反对党的命,这是游戏规则,不管你多么伟大你都不能赖在总统宝座上不下来。什么职业都可以做一辈子,但就是总统是临时的,谁也不能干一辈子。我们的革命和他们的不是一回事。

美国人除了革外国人的命以外就是科学技术革命,我们的革命才是真正意义上的革命。

在界头乡小学,我参观了山里孩子的宿舍,是一所四面透风的百年老宅。赵校长告诉我:"我们西南边陲经济落后,国家给我们这个山区小学许多帮助,学生现在都有课本了,不用再为课本发愁了。只是山里人生活水平很低,一个学生一天的生活费只有三四元钱。"我看着宿舍里学弟、学妹们的草席褥子说:"一顿饭一元钱?!"

抗战胜利已经67年了，新中国成立也63周年了，可是边疆的孩子还睡在草席褥子上，吃着一元一顿的饭。当年中国远征军穿着草鞋开赴缅甸战场，68年后他们的后代还在睡草席做的褥子！这么多年我们都在干什么？他们应该在宽敞的教室里上课，和我们一样；他们应该得到美好幸福的生活，和我们一样！

张德洛，92岁，黄埔军校17期运输系毕业，抗战时期丢失一条腿。现退休在家（著名科学家钱学森的妹夫）。

抗战胜利近70年，英雄们的后人却睡着草席。

感恩的心

  站在破旧的学生宿舍里,看着丽莎给学校捐助的操场,我真的是无语了。70年前威廉驾驶着P-38帮助中国人民打仗,60年后他的女儿帮助中国的孩子建操场。这一家子和中国人民是什么关系?中国人民从稻田里救起威廉是应该的,因为他在为中国人民的解放而冲杀。理论上讲,没有美国的支持,没有驼峰航线,没有飞虎队,没有大批的武器装备,我们根本就不可能打败那些日本职业军人。如果真可以打败他们的话,可能需要三十年四十年,而不是八年。

  村民为了感谢芬德雷父女,在这个操场边树了一块大石头做成的石碑,上面刻有"芬德雷操场"的字样。我们和赵校长商量,能否把我们从北京运来的三块石碑建在"芬德雷操场"旁?赵校长和这个村的村长愉快地答应了,并愿意为我们提供其他的帮助。邵海叔和杨素红阿姨看着我说:"以后你长大了,不要忘了界头乡永乐完村啊。"

  我看着邵海叔说:"我知道,我不会忘,永远都不会忘。"

  三天后,在村民的帮助下,我们从北京运来的石碑完好无缺地站立了起来。它们经历了千山万水,经历了78年风风雨雨的坎坷路程,终于在戴安澜回国的路线上站立了起来。68年了,"野人山"这个让中国五万多军人葬身的超级坟场,一堆一堆的中国军人尸骨堆砌成的忠烈墓地,终于有了一块属于它的墓碑,这些军魂也终于有了一个可以歇息的场所。据说,向西还有两千多名坠亡在喜马拉雅山山谷里的美国军人的鬼魂,你们都一起回家吧!

我永远都不会走进"野人山",我害怕那里的中国鬼,我也害怕那里的日本鬼,我怕中国鬼和日本鬼抱住我的腿说他们要回家,我背负不动这历史的负担。我知道我没有一根神棍,我不能让他们复活。我只是一个喜欢历史、喜欢军事的中国少年。我只能在心里安慰我们的鬼魂和盟友美国人的鬼魂:"回家吧!我们后人记得你们的功绩,让所有天上的神灵保佑你们的后代!阿门!"

纪念抗日战争中在缅甸野人山作战牺牲的中国远征军将士们的碑文:

战死异域马革裹尸

公元1931年东洋倭寇犯我疆土,杀吾国民,奸吾族女,掠吾资源,恣狼心而蛮横,妄意蛇吞吾国山河。

民族危难,千钧之时,十万青年,操枪荷矛,呼啸云涌。抱必死之决心,无惧敌枪炮数倍,遵军人使命之召唤。挺身枪林弹雨,坚信胜利之热望,每战必前赴后继;与倭人搏斗,舍入出生,忠心耿耿,空前惨烈!殉国烈士,被难同胞,尸卧黄河,抛血长江。

谁不为大义所感,忠勇所激!不惟我后人所敬佩。感恩之心敬谢烈士,望战死英灵瞑目而心宁。现失土已复,国强民安,志碑永垂。

纪念抗日战争中在缅甸野人山作战牺牲的中国远征军将士们

立碑:北京市第161中学全体师生
碑文:北京市第161中学毕业生钟声
公元2010年7月14日

《梦想和你一起飞翔》

从在美国和珂天德提起"驼峰航线"那个单词后,我就发现一个男人(虽然那时我只有14岁)做出一个承诺是多么的郑重。在随后的一段时间里,那老头儿总是笑眯眯地出现在我眼前:"孩子你没有做,你怎么知道你做不了呢?!如果你觉得这事情对,那么你就去做吧!"

从珂天德给我的名片上看,他是一名退休的老教授,而且好像每天都忙着做公益。他接待了无数中国学校的孩子去美国访问,他不厌其烦地向中国学生讲述美国人的教育理念和教学宗旨:"独立的思考能力,健康的人生哲学,追求真理不怕牺牲的精神,热爱自己的祖国,热爱自己国家的人民,追求自由的情操。"随着我的英语逐步变好,我们俩经常通过Email进行交流。他告诉我我的不足,我们交流不同的观点。现在,我做任何大的事情前都会和他商量,而且非常想知道他对于我所要做的事情的看法。很大程度上讲,我离不开这个笑眯眯的老头儿了。

前不久珂天德给我来信说,如果我学习上有困难他都会全力帮助我,就像当年驼峰航线的美国军人一样,只是这次不同,这次他将会变成"蜘蛛侠"来帮助我!

《拯救大兵瑞恩》这个电影大家都看过,我和老爸看了三遍。我们反复讨论这部电影的思想,是宣传美国人民不怕死,还是说美国政府多么仗义?还是美国军人多么勇敢?在电影最后,我们被林肯的一句话深深打动:"你在自由祭坛前的献祭,必为你带来庄严的光荣!"这个电影还是说的生命与自由!

"驼峰航线",这个一公里一个飞机残骸地标的死亡航线,曾经是中国人的希望航线。当年,喜马拉雅山这个恐怖的高山,为中国留出了一个狭小、恐怖,但是充满希望的通道,在那个时候,只有美国人有能力帮助中国。在中国几乎绝望的情况下,一群美国牛仔叼着烟卷呼啸而至,给中国带来了希望。美国人总说,上帝是美国人的,这回上帝让美国人帮助中国人来了。他们手把手地教那些穿草鞋的中国军人:什么是现代战争!当年戴安澜将军趴在长城上学习炮步协调的时候,美国人已经在教中国军人什么是空地一体战了。蒋介石乐傻了,中国军人乐翻了!干掉日本也就是时间的问题了!

我们所翻越的高黎贡山,仅仅是喜马拉雅横断山脉的尾部,而"驼峰航线"那些大山才是真正的挑战。片马的上空,也曾是"驼峰航线"的沿线。我抬头寻找他们的影子——从那个"美丽的教堂"里,大群的C-47呼呼地为中国拉来战略物资。一架护航的P-38战斗机单独向我俯冲而来。他擦着树梢翻滚着从我头顶飞过,又呼啸着拉了起来。当他再一次俯冲时,我看见他在向我诡异地微笑。在我伸出大拇指的一瞬间,我看清了他的脸!那个"美丽的教堂"里走出来的老头儿,那个对我们说"来了,来了就好"的老头儿!我向他喊:"威廉,带上我!我要和你一起飞翔!"

在石碑碑文撰写过程中,我曾主动邀请那个笑眯眯的美国老头儿珂天德教授,为他的美国同胞撰写纪念"驼峰航线"的碑文。他不到一个星期的时间就把碑文写好了,并在发给我的Email的结尾写道:"谢谢你,感谢中国人民的后代还记得那些美国飞行员。"到底我们谁应该感谢谁?我一个出来打酱油的小屁孩,竟然得到人家这样的答谢,我真的感到惭愧……

纪念所有牺牲在"驼峰航线"的美国飞行员中文碑文:

梦想和你一起飞翔

翘首盼望你的归航,

看你斜叼烟卷的模样。

微笑地向我立起大拇指,

随手扔给我一块口香糖。

我知道你就要去飞翔,

巅峰中你也曾想到过故乡?

看你自信摇摆银色的翅膀,

快乐中忘记思念与凄凉。

我好想跟上你的胆量,

The World War II Over the Hump Mission
Memorial Inscription

This memorial honors the brave American and Chinese individuals who repeatedly risked their lives to fight for victory over a ruthless aggressor.

Unselfish people have performed brave acts throughout history. But more exceptional are those individuals involved in the Over the Hump Mission, because they repeatedly risked their lives and demonstrated continuing bravery. They did so with full knowledge of the deadly risks that included extreme flying conditions that challenged the limits of both crew members and their airplanes --- unpredictable high winds up to 200 miles per hour and complex air turbulence; below zero flying temperatures and heavy ice buildup on the planes. Because their airplanes could not fly high enough to avoid extreme weather, they had to fly through it without reliable navigational and instrument guidance systems. They were defenseless against enemy fighter planes. Many pilots and crew members had little or no training in how to fly in such extreme conditions. Nevertheless, many flew three missions in one day.

These pilots and crew members willingly chose to repeatedly fly their airplanes over the Hump in the dangerous airlift of material and supplies --- a distance of 500 miles 1800 km. They accepted the risk because they knew that the Hump Mission was so important to those fighting the war in China and to the war final victory.

From May 1942 through August 1945, over 100 missions were flown every day in the biggest supply mission that the world had ever seen up to that time. Hundreds of planes crashed during this period and thousands of American and Chinese lives were lost. May the world never forget these brave men, both those who died and those who survived!

Theodore J.Crovello
July 4, 2010

美国加州州立大学退休教授珂天德为美国军人撰写的碑文

跨着彩云急速飞翔！
我知道你有自由的理想，
冲出空间让青春飞扬。

我翘首等待你的归航，
哼着你儿时的童谣。
我愿意为你背上行囊，
急步跟在你身旁。

我翘首盼望你的归航，
告诉我天空中那灿烂的光芒。
幻影中看见你机翼快乐的摇摆，
呼啸着飞过我的身旁！

刹那间你冲向彩云的故乡，
失速中陨落在天堂。
让C—47停在我心里梦飞的地方，
梦想和你一起飞翔——！

向所有牺牲在驼峰航线上的美国军人敬礼
立碑：北京市师大二附中全体师生
碑文：北京市师大二附中钟声
公元2010年7月14日

此纪念碑是以我现在的高中学校的全体师生名义树立的。

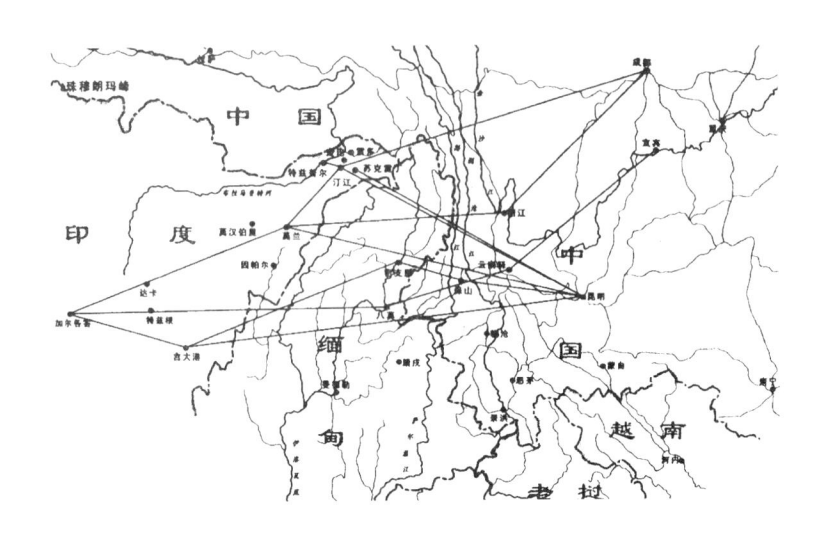

照片圆点处:纪念驼峰航线美国阵亡军人纪念碑地点

梦想和你一起飞翔

向对手学习

向对手学习,这是我们必须要做到的。如果我们只是一个无足轻重的小国,那么找一个大家伙做靠山,过好自己的日子就可以了,可是我们偏偏是一个大国。大国其实也不好,你总是被挑战,以前是匈奴,后来是欧洲诸国,最后又蹦出一个日本,谁都想把你摔倒,谁都知道如果能够干掉一个大家伙,那么自己也就是大家伙了。当你把一个大家伙摔倒的时候,肯定不只靠运气,肯定还有你非常出色的地方,但是那个被摔倒的大家伙躺在地上想,我是怎么被摔倒的?这我得想想,我得学学。

冈村宁次进攻山西以前,骑着毛驴把山西的地形看了个遍。随后冈村宁次开始收拾他的学生阎锡山。应该说,冈村宁次比我们还了解山西,我们也就是开车穿过而已,充其量就是大概知道而已。

另一个有名的日本战犯山本五十六,大学毕业就赴哈佛大学继续深造,并做了三年的驻美使馆武官,他走了大半个美国,然后山本大叔对夏威夷的美国人下了毒手。

从战术上讲,他们俩都可以做到知己知彼。从战略上讲,一场大战役决定一个国家的走向。冈村宁次和山本五十六都获得了战役的胜利,但是他们只能做到将而不能做到帅。

在日本近代发展过程中,不难看出日本人强烈的学习欲望和认真学习的精神。他们派大批大批的留学生赴世界各国去学习。与此同时,我们中国正在忙着革命,先革大清的命,再革袁世凯的命,然后大家革大家的命,稀里哗啦就过了30年。日本人蒙着头在那里一步一步走向了现代化。面对二战,日本人有一个观点:我们没有输给你们中国,我们输在了当时所有大国的手里。其实这话有一定的道理,如果按当时中国的经济和军事水平看,我们确实没有战胜日本的能力。如果我们有那个能力,也就不会出现宋美龄跑美国忽悠美国人帮助我们的事情了。

大清王朝后期,北洋海军的"镇远"号访问日本,把日本羡慕得不得了。他们给海军定的目标是要超过"镇远",成为亚洲第一!后来,他们干掉了北洋海军,又盯上了美国太平洋舰队,结果被美国爆头了!

我们的大清也派人留学了,但我们的留学生到欧洲什么都学了,就是没有学习民主与法制。日本也都学了,而且学会了英国的君主立宪制。于是,两个东方国家走上了不同的发展道路。大清国的那些辫子留学生都已经成为了历史教科书里的人物。偌大的大清国,公费生不足百人。他们没能改变历史,随着北洋海军"镇远"号的沉没,曾经的超级大国大清朝也完蛋了。

在我现在的学校里,有许多国外的学生和我们一起上课。我们一起打球一起玩游戏,足球比赛他们把我们赢得一塌糊涂,而我们做数学题能把他们赢半个世纪。由此看来,我们的智商不比他们差,我们的民族也并不是愚钝民族。我们每天可以学习十几个小时,足够勤奋和吃苦耐劳了,但是我们的大部队却行进在"高考野人山"的路上,我们整个部队穿行在数学的丛林里,我们数着树的数量、算着河流的长度、计算着山的高度,用各种计算方法进行不停的演算,我们可以用N种方法得出答案,但是就是没有搞明白,我们在"高考野人山"外面一样可以计算这些数据。我从没有想做一个数学家,也没有想遨游在外太空去寻找暗物质,但是我还是得不停地学习各种解题方法,因为我的上级——教委就是这样规定的!教委每年都说要改革,你信不信我不知道,反正我信!

现在我们每年都有无数的国人出国留学,短期的长期的,公费的自费的,有很多人回来了,也有很多人没回来。或许这些人都该问问自己,要学什么？学了什么？学了能干什么？能改变什么？

我觉得,不管学什么,怎么学,都不能让我们的国家再重蹈历史的窝囊了！正如张自忠将军那句话所说:"国家被打成这样,中国军人都该死"。

告别腾冲,带"我的团"回家

《腾冲的雨》,这是我回到北京的课堂写成的作文。我在40分钟的时间里,把对腾冲的感觉和感悟一气呵成地写了出来,苛刻的语文老师居然给了我我有生以来最高的作文分39分(满分40分)。

腾冲的雨

腾冲的雨,温柔如细线一般,从天空中滑了下来,它轻轻地碰了一下我,而我却感受到另一种清净,给我带入另一个世界中去了。

当我和父亲刚到腾冲的时候,就感觉到了一方泥土养一方人。为什么这么说呢?你看,腾冲的人民从不打雨伞,他们任凭雨水落到他们头上,浸透他们的肩膀。

雨水打在我的肩上,散落在空气中,马上就又变成雾气了。我渐渐地进入了一个雨与雾的世界,我发现我不能走动了,因为我真怕惊醒那在地上的水与雾。突然我好想躺在这水雾之上,让雨水浸没我的全身,可我马上又到现实中去,刚才还在我面前的人已经走远了,他的衣服全湿了,而他的嘴角露出一点点的笑意,逐渐地,他在雾中消失了。

正当我开始走时发现,地上为什么这样滑?我低头一看,原来小小的四叶草从石砖中钻了出来,砖上的青苔淹没了它那嫩嫩的绿。正如刚出生的婴儿一样,软软的、嫩嫩的,可惹人爱了。我抬头再一看,一整街都是,它们在干什么?它们在争雨,雨打在它们的上面,它们就动一下,正如那轻快的钢琴键盘一样,演奏着雨中的快曲。而荷叶则不尽然,它霸道得很,很用力地张开,想把所有雨水都占为己有。可结果正相反,当它承受不住时,雨水就又流走了,而荷花就很平淡了,它用它的粉红,衬托着整个池塘的清静淡雅。它是多么的无私,正像腾冲的雨一样,从来不为自己留下任何东西。

我都忘了说山了。腾冲的山是一个个姑娘,被雨水给浸化了。腾冲的雨一天下7回,每一回都会有很浓的雾,山她很害羞,她躲在雾里不愿意出来,等着雨云飞去,她才露出她的一点样子,用眼睛看一看你,但没过多久,她又消失在了云中。好像雨就是她贴身的侍女,随时为她服务着。

腾冲的雨呀,你是多么洁身自好,不受季节的影响。如果给你一个比喻,那必然是一个无形的君子,可你却无时无刻不在为别人服务,给别人带来快乐和滋养。你正如那荷花一样,平淡面对着生活,对待着现实,心中却总有一个念头儿就是为别人服务。

我要成为腾冲的雨,洁身自好,不与北方的雨一样,夹杂着别的东西。

我要成为腾冲的雨,以乐观平静的处世态度达观面对生活。

我要成为腾冲的雨,为别人付出自己的所有,不求回报。

在腾冲的朝阳里,我们告别了李政老师、杨素红阿姨、邵海叔。我们就要启程回家了。我向老爸提议,去和顺乡和那些"炮灰团"的兄弟们告个别吧,老爸懂的。沿着大片大片的荷塘我们驶进了《我的团长我的团》的营地。一群鸭子漫不经心地游荡在河中,两三个当地的妇女和电视剧里一样,在河边洗着衣服。她们轻声细语地交谈着,不时传来一阵笑声。只是岸边没有了赤裸上身的何曙光爷们儿,听不到他那献媚的手风琴和他的歌声……

我和老爸对笑了一下,拐进了巷子,把车停在了散兵收容所的对面。我们坐在台阶上等着他们今天的早操。最先出来的是蛇屁股和不辣,随后是丧门星、康丫、孟痢子、豆饼、李连胜、阿译、老兽医、克虏伯、迷龙、张立宪、何曙光、余志,还有很多叫不出名字的家伙。他们嘻嘻哈哈地站在那里等着他们的长官,等那个满嘴瞎话,满脑子馊主意的龙文章团长。丁零当啷声中,一辆破美国吉普载着龙文章、老麦、全民协助停在我们面前。他们三个从车上跳了下来,"死啦死啦"看都不看我们一眼,嘴里喊着:"列队!列队!"老麦和全民协助站在他身后,不时地看着我们。我弱弱地向他们打了一声招呼:"嗨!"全民协助向我挤咕了一下眼睛。

这时候"死啦死啦"好像想起了什么,用手指着我说:"你,赶快入列!"我赶紧跑进他们的队伍,站在孟痢子的旁边。"烦了"悄悄地问我:"哪里来的?"

我说:"北京。"

他问:"北京是哪?"

我说:"就是原来的北平。"

他又问:"怎么改名字了?"

我说:"改朝了!"

"烦了"惊讶地大声说:"放屁!怎么会改朝了呢?"

我的屁股被迷龙重重地踹了一脚,随后是一大堆全国各地的方言脏话:"得瑟什么玩意,你个锤子,你大爷的……"

我躺在地上向他们喊:"我们赢了!我们真的赢了!"

龙文章把我拉了起来问我:"我们真的赢了?"

我点了点头。他"刷"地把枪拿出来指着我说:"小子,说瞎话老子枪毙了你!"

我不知道哪里来的勇气,喊道:"把枪拿开!给老子我列队!"这时候,我发现所有的人都一字排开站在我的面前。龙文章站第一个,用他那肉麻的笑脸说道:"兄弟,说仔细点好吗?"

我看着他们,说:"1945年8月15日,日本投降了!战争结束了!"我说完大家都直直地看着我,没有一点声音。

过了好久,老兽医问我:"后来呢?"

我没理老兽医。

阿译问我:"我们可以建设我们自己的国家了?"

全民协助问:"when can I go home?"

孟烦子说:"你大爷的,最后都谁死了?"

迷龙坐在地上哇哇大哭,嘴里"妈妈、妈妈"地叫着。

我不知道怎么回答他们。我看见了历史,我也走进了历史。我知道他们最后都战死了。他们战死在缅甸的野人山,战死在怒江边,战死在松山,战死在收复腾冲的战斗里。我没有办法告诉他们,战争的过程和未来发生的事情,我没有勇气说,我也不敢说,也不知道从何说起。总之,我张不开嘴。我不能告诉他们,未来和平年代里对他们的怀疑和斗争;我不敢说曾经有人对他们鞭尸;我不敢说他们晚年的凄惨景象。可他们在那里张着嘴在等着我的回答……老爸知道我的处境,打开车门,我冲进车里,向老爸说:"快走!快!"

身后又是一片谩骂:"山炮、骗子、锤子、十三点、fuck you、你大爷的……"我庆幸他们没有开枪。他们应该开枪!打死我们这些无孝、无德、无耻的"杂碎"后人!

在反光镜里,我看见龙文章向我晃悠他的小拇指,我听不见他在骂我什么。好不了,好听不了!骂吧!你们这些该死的炮灰,去死吧!不要回来!死了就痛快了!不要经历"文革",千万不要回来!像胜元君和阿汤哥他们一样去死吧!我把头探出车外,看见他们还在那里看着我们,我歇斯底里地怒吼道:"去死!去有尊严地战死吧!千万不要活着回来!"

我和"我的团"在一起

陈学良,原籍四川县同溪双和镇,19岁参军,编入中国远征军第11集团军71军261团2营6连3排7班当班长,参加过著名的松山战役。现91岁,重病卧床,无生活来源。

惠通桥边"脱胎换骨"

历史不只是给中国噩梦和厄运,有时候也会给公平和机遇。1942年,历史就给了我们中国一次机会,这次中国抓住了,牢牢地抓住了!第一次中国远征军兵败,败军夹杂着难民和日本军人涌过中国边境,中国的后门被打开了。全中国都在混乱中不知所措。有一个中国军人却没有慌乱,他是一个叫张祖武的营长。他按下了引爆惠通桥的炸药,一时间,中国败军、日本追兵、中国难民看着那个灰飞烟灭的破桥大哭大叫:"完了,过不去了!"

惠通桥在中国境内,是怒江边为数不多可以过车的一个铁索吊桥。因为这个桥被张营长炸断,宋希濂将军赶到,一时间在怒江边形成了中日两军对峙的局面。

前方好像出现了事故,大家排着队缓慢地驶向"惠通桥"这个"历史节点"。一辆保山牌照的车子指着我们轮胎不停地按喇叭,我趴出车窗一看,瘪了一个轮胎,可是我们还不能随便停下来,我们就地换轮胎会造成后面更大面积的堵车。没办法,我们只能继续前行,找一个宽敞地方或者检查站什么的再换轮胎。沿着怒江又走了大概10分钟,实在不能再开了,再开轮胎就真的报废了。

我们拐进一处木材检查站,一边换轮胎一边和木材检查站的人打听惠通桥还有多远。检查站的工作人员看着我们说:"从北京过来就为了看这个桥?"我说:"是的。我在那桥边埋了宝物。"那个工作人员一边笑一边随手一指:"那个就是!"我和老爸走到江边,透过树林一看,就是怒江边一座再普通不过的桥。甚至如果不是因为换轮胎,我们根本都不会留意到它的存在。如果不是堵车,我们非常有可能唱着歌、吹着牛与它擦肩而过。

木材检查站的人告诉我们,前方10公里处一辆大货车翻了,车上的货物把路占得满满的。现在是小车通行,大车和救援车都过不去。你们最好调头回去,这里的堵车动不动就得一天一夜。

我们走到怒江边,远远地看着这个改变中国历史的桥。它真的没有那么宏伟,没有让千军万马通过的气势。十几万中国远征军没有挡住的日本军队,却在这个破桥前停止了进攻。霉运总有到头的时候,好运也总有结束的那天。谢天谢地,中国政府和中国军人终于可以倒口气了。这算是上天的旨意吧:中国还不该死,只是该让日本人狠狠地教育一下!中国该脱胎换骨了!

冲上一个像阿凡达电影里一样的坡路,我们开始踏上归途。

改变中国历史的惠通桥

汉　奸

《现代汉语词典》对"汉奸"的解释是："原指汉族的败类,后泛指投靠侵略者、出卖国家民族利益的中华民族的败类。"引申义的"汉奸"指的是出卖国家疆土、资源,卖空国家利益,给当代人民和后代子孙造成损害的叛徒、败类！抗战时期移居马来西亚的商人陈嘉庚曾向重庆国民政府提议："敌未退出我国土即言和当以汉奸国贼论。"

自抗战开始至1943年8月,国民党文武官员及作战部队投降日军者数量可观,其中中央委员有20人,旅长以上将领58人,投日军队则达50万人,占全部80万伪军的62%,曾经有"降官如毛,降将如潮"的局面。1943年8月13日,《解放日报》公布《两年来国民党五十八个叛国将领概观》,他们是：庞炳勋、孙良诚、孙殿英、毕戴宇、金亦吾、李长江、王劲哉、吴化文、赵瑞、杨诚、荣子恒、杨仲华、吴漱泉、刘月亭、王清瀚、赵云祥、陈光然、黄贞泰、郭峻峰、丁树本、夏维礼、孙玉田、赵星彩、李震汾、侯如墉、于光辉、杨汝贤、冯春田、杨克尤、王遂庆、王廷英、王瑞亭、赵天时、任兰圃、薛豪平、潘胜富、苏景华、张海平、苏振东、李德兴、丁聚堂、颜秀五、陈才福、秦庆霖、范杰、于怀安、宁春霖、厉文礼、齐子修、邱吉胜、刘景良、李其实、张良才、徐继泰、韩子乾、景顺扬、李志希、陈孝强。

革命党和被革命人里有：清朝皇帝溥仪、汪精卫、陈璧君、川岛芳子、江朝宗、郑孝胥、齐燮元、曹汝霖、陆宗舆、陈公博、周佛海、梁鸿志、傅筱庵、殷汝耕、李士群、丁默邨、王克敏、石友三、孙殿英、王揖唐、臧式毅、张敬尧、褚民谊。

2011年8月9日,我在李明辉老师、方军老师、舒哥老师引荐下有幸结识了曾在"抗日锄奸团"工作的两位老英雄:祝宗梁、刘永康。

祝宗梁,又名祝友樵,是抗日锄奸团主要成员及后期负责人之一。1939年在曾澈策划下携袁汉俊、孙惠书、冯健美共四人成功刺杀了伪海关监督兼伪联合准备银行津行经理程锡庚。后来为营救被英国抓捕而被日本指认为杀程凶手的四名军统特工,而同袁汉俊一起在香港自首。后来此案不了了之,他被关三个月后出狱。此后他渐渐成为锄奸团的主要负责人之一,策划参与多次对日伪汉奸的刺杀行动。1943年1月8日到达上海,化名张志宏。28日中午,因叛徒郑有溥出卖,被捕后受毒刑。后来被毛森保释。抗战胜利后主持解散了锄奸团。1959年以特务罪被捕,入狱16年,"文革"后平反。

刘永康,1920年生人。父亲在天津经商,兄弟五人都在天津南开中学学习。因为抗日,刘永康在1940年被侵华日军关进北平日本陆军炮局监狱,直到1945年日本投降才获得新生。1949年解放,刘永康又被抓进监狱,一直关到1957年。刘永康写过自传《囚歌》,但是,该自传只有在侵华日军监狱期间的详细记录。1958年开始,刘永康到天津某大学任教,教授英语。1985年,刘永康在天津对外经贸学院退休。

1936年,南开中学初二的刘永康在国文课上学到了都德的《最后一课》。普法战争法国战败后,边境的阿尔萨斯小镇即将失去说母语的权利,"我"在懊悔中上了最后一堂法语课。法语教师韩麦尔先生脸色惨白,"转身朝着黑板,拿起一支粉笔,使出全身的力量,写下'法兰西万岁!'然后他呆在那儿,做了一个手势:'放学了——你们走吧。'"

当时,中国的天津,跟法国阿尔萨斯小镇的情绪一样,课堂上一片呜咽之声。而中国已经在1931年日本炸掉柳条湖铁轨后的战争中挣扎了五年。1937年,刘永康初中毕业的那个暑假,"七七"事变爆发,7月底,平津沦陷。

刘永康说:"我决心报这个仇,雪这个恨。不管以什么方式,参加什么组织。所以人家一介绍'抗团'我就参加了。""抗团"即"抗日杀奸团",是国民党军统局下设发展的以学生为主体的地下抗日组织。但刘永康并没有详细过问这个组织的隶属,也没有认真打听过这个组织的背景和领导,在他看来,"只要是抗日就足够了,就足以说明一切,其他都是次要的。"

在一间阴暗的小阁楼里,刘永康等四位新入"抗团"的成员宣誓,"掀开了人生中的新的篇章。""暗杀俞大纯我第一次做制裁任务的主攻手。"70多年后,刘永康依然清晰地记得很多事情,怎么宣誓,怎么杀敌。其实,这也是他唯一一次亲自开枪打死汉奸。

1940年下半年,随着日本侵略范围的扩大,物资匮乏的弱点也暴露出来。他们开始在中国搜刮铜铁制品。"本来俞大纯只是一个建设总署总务处处长,不够资格(被暗杀)",但是他主管搜刮民间的铜器铁器。"抗团"曾写信警告他:"你知道这些铜铁收集上来是做什么用吗？是做子弹。做子弹干什么用？是打我们自己同胞！所以你应该禁止！"落款是"抗日杀奸团"。

哪能禁止得了呢？"为压下这股邪气","抗团"决定制裁他。刘永康和叶于良两个人,事先侦察了几个月,确定俞大纯从家里到单位的整个行程,附近有哪些街道可以脱身,以及在俞的行程中,哪里有警察岗军事机关需要避开。

执行任务的时间到了。早上8点10分,刘叶两人骑着自行车接近俞大纯乘坐的黄包车,刘"一面左手扶着车把,一面以右手从腰里掏出左轮手枪,打开保险,在距离目标十多米的样子……扶好行进中的自行车的车把,一手瞄准这个汉奸的后心开了枪,一弹命中。紧跟着叶于良也赶了过来,又补上一枪。"刘叶二人迅速分道离开现场。

第二天,刘永康照常去学校上课。课间休息时,他听到老师、同学在议论前一天的"凶杀案"。教数学的乔老师嗓门特别大,"够他们这些当官的呛的!"乔高谈阔论着:亲日文人周作人遇刺,《新民报》主编吴菊痴被暗杀,民政局长挨了枪子儿,教育总署署长死于枪下……

"咱们教育局长……很郑重地嘱咐他的保镖们,今后出门,车的前后左右不准有不认识的人跟着,谁要跟着就拿棍子抽谁……"乔老师的话引得大家哄笑。

在"抗团"的活跃期,青年们干了几单漂亮活儿,狙杀平津两地著名汉奸数十人。

1938年秋,刺杀伪天津市教育局长陶尚铭,理由是中小学教科书增加了很多毒化、奴化青少年的课文。陶最终被打瞎了一只眼睛。

1938年12月,在天津丰泽园刺杀前天津商会会长、现维持会委员王竹林,理由是"天津商界在其苦苦逼迫下,逐步成了日寇侵略战争的提款机"。刺杀成功后,又在王葬礼那天,炸了殡仪队,致一人死亡、三人重伤,震动天津。

1939年1月,刺杀亲日文人周作人。由于临战心理不稳定,加上枪法欠准,只打中纽扣,周"轻伤而逃,从此深居简出"。

随着"抗团"活动影响力日增,日本人开始关注这支起初被他们轻视的队伍。待到日军集中力量对"抗团"进行围捕和剿杀之时,抗团活动陷入低潮。1940年8月,刘永康等人被捕,遭严刑拷打,后被判处无期徒刑。1945年8月15日,日本投降。9月3日,刘永康重获自由。

1949年初,当年的一位狱友将南下的船票送到了刘永康手中。正在南开大学拼命学习的他不满国民党的腐败谢绝了。不久,34万解放军以排山倒海之势解放天津。"没容我仔细观察这个变化,就被以历史反革命罪投入监狱了!"

《天津日报》刊载的《南开大学破获国民党地下潜伏反动特务组织》提到,"中国青年学生联合救亡挺进会"匪首已被捕获……而这个"匪组织",就是"抗日杀奸团"。由于它的军统背景,这个已随着抗日胜利自动解散的组织成了刘永康一生的催命符。

"进了监狱,发现一群大名人。有戴笠的头号保镖贾金南,军统天津少将站长邢仁甫,刺杀吉鸿昌将军的唐山公安局长吕一民……把我和他们放一起,枪毙也很正常。"没多久,刘永康被转移到天津西头监狱,判刑7年。

监狱出来,正好"反右"。"反右"之后不久,又是"文革"。刘永康备受苦难的折磨。"文革"结束,刘永康总算得到平反,但当年铁血锄奸的中学生,已年过半百了。

提及半生牢狱的经历,刘永康非常平和,他更愿意将自己的经历与那些"抗团"中的牺牲者相比。他们有的牺牲于爆炸,有的牺牲于枪战,有的牺牲于狱中,更多的被秘密杀害,连遇难过程也无人知晓。

"现在我已经91岁了,已经到了人生的末年,但我还有一个愿望:申诉。当时判我(历史反革命罪),为什么判我?原来说是因为抗日杀奸团是特务组织,但现在抗日杀奸团已经被认可了——当然现在还没有被正式认可——但在舆论上认可了,你还能算我什么罪吗?"(以上资料参见方军老师的博文《抗战奇人和采访抗战的奇人》)

从刘永康老人家里出来,坐在回家的地铁里,我的耳边不停地出现我向"炮灰团"那些"杂碎们"高喊的那句话:"去死!去有尊严地战死吧!千万不要活着回来!"

洗笔三峡水

到了重庆,不敢进城,怕进去就出不来,于是就在郊区找了一家有停车场的饭店住了下来。进入重庆的第一个印象就是仿佛那天是世界环保日,全城一片漆黑,根本就看不到美丽的山城夜色。我和老爸找了一家麦当劳,美美地吃了一顿,算是把肚子里的馋虫给安顿好了。我们打算明天去朝天门码头坐船游三峡,只是小红马得放在重庆,因为没有一家公司容许人车混装的。三峡的诱惑太大了,我们只有暂时把小红马抛在重庆。

余秋雨说他推荐给外国人游中国的第一景观就是长江三峡。老爸说他小学的语文课本里有一篇刘白羽先生写的《长江三日》,那文章把三峡写得太美了,勾了老爸这么多年。

早晨一起床我们就感到重庆的"热情",八月的重庆能把人热死,热气一直没脸没皮地死抱着你不放。收拾好随身东西,我们就出发去朝天门码头,买好船票后一头扎进最近的KFC里面不敢出来。我开始想念腾冲,仿佛想念一个似烟似云的仙境。重庆在它的"热情"中消灭了我对它的最后一点点好奇,我决心上船前不再迈出KFC一步!

到现在我们已经跑了6000多公里了,身体已经完全适应了这样的生活。按路线,我们大概还有3000多公里左右的路程,真的算是一次万里长征啊。想想蒋介石当年对红军真够狠,让他们没吃没喝地徒步走了那么远的路,也难怪后来红军缓过来之后开始毫不留情地收拾蒋介石。

终于熬到了上船的时间,几百米的路程走得我们汗流浃背。这两天我们终于不用再开车了,草草地看了几眼朝天门码头的夜景,进了船舱倒头就睡!早晨,船员敲门问:"鬼城去不去?"我们俩异口同声:"不去"。我们商量好了,只去白帝城,别的一概不去,在船上好好恢复一下身体。

抗战时期日军没有越过三峡,在宜昌的石牌要塞被胡琏将军挡住了。我想日军里应该有一半以上的人知道李白,都知道"朝辞白帝彩云间",想想也是,日本可以出东山魁一,但是真的出不了李白!

三峡美吗?我发现什么东西都不能近看,身在三峡真的觉得余秋雨和刘白羽在骗人。可能是原本这个地方就是如此,文人喜欢借景夸景,可能三峡水库破坏了它的景致,也可能是我们应该喝一壶再看三峡,总之三峡根本就没有让我们激动。只是在三峡的峡壁上看见了冯玉祥将军的题字,让我们依稀看见昔日的战火和中国军人发下的毒誓。

从白帝城开始,我们又开始喜欢三峡了。开阔、有层次地排列在江面两侧的山峰没有那么大的压迫感,可以退出一定的距离欣赏这美丽的"姑娘",她漂亮、妖娆,大自然的神笔把她美丽的身姿又无私地打扮了一番,美得让你只有看她、欣赏她的权利。

其他的游客都去看刘备托孤的地方了,我和老爸静静地站在码头上看着早晨的白帝城,等着白帝的朝阳从云层里慢慢地清晰起来,一叶轻舟似昨夜的醉翁般慢慢地穿过晨光的倒影,左右摇摆划过江面,在江面阳光深处若有所思地停了下来,片刻又调过船头划回对岸,莫不是昨夜与神女没有饮好,要再续一壶?或是将诗文遗失在山间的静懿草屋了?或是有一字不满意即刻赶回?或者他就是一位脱俗大师,用满江清水洗净笔中残墨?莫非与我们一样在找寻某些失去的记忆?他写的是哪首诗?他是如何构图他那幅山水画的?他心里是否也有一幅《富春山居图》? 在轻摇慢转间找到完美的落笔点?罢了罢了,每个人心里都有自己的山水,每个人心里都有自己找寻的江山。其实我们每个人都只是这江山的"走狗"。

朝辞白帝彩云间

老爸留日的艰苦

躺在三峡的水面上,听着船两侧哗哗的水声,船笛呜呜的招呼声从船头阵阵传来,我们又聊了起来。老爸在日本语学校学习的时候,因为要打工挣钱还债,还要把老妈接出去,所以打工的时间比学习的时间多,一天打两份工是常事,没日没夜根本不稀奇!

老爸告诉我一个他们在日本时的笑话。中国人又打工又上学所以觉不够睡,经常可以看见中国的留学生在日本JR线上睡觉(JR线是环行线怎么睡都可以),因为往往只有一小时时间,大家都怕睡过头,所以有的留学生就把家里的闹钟带上,睡觉前把闹钟定好。最后,闹钟"哇哇"响的时候车厢里其他的人以为是定时炸弹,纷纷躲开。再看那中国留学生慢慢地把闹钟从包里拿出来,和旁边的人说声"对不起",非常淡定地离开车厢。因为不是一个人这样做,后来经常坐车的日本人就明白了中国留学生的辛苦。如果闹钟响了,那个中国人还在睡,旁边的人就会主动用胳膊拱那个留学生。

老爸讲这个笑话的时候,其实内心是带着一股隐隐的痛楚感的。都说日本人勤奋,其实我们中国人丝毫不比他们差。只是,老爸那一代人,正赶上出国潮,在国外吃了很多苦头。但是,跟爷爷那一代相比,他们已经算是幸福的了。

老爸有一次在车上睡觉差点出了大事。那天很早,车上人很少,老爸在车上睡觉搭了个二郎腿,结果下车的时候腿麻了,跑出车厢时一个跟头就摔倒了。老爸的第一反应是,坏了,骨折了!在站台上坐了半天才爬起来蹦到了老鬼子家。老鬼子问老爸为什么迟到,老爸说,脚可能骨折了。老鬼子一看老爸的脚肿得像牛蹄子,马上喊老太太拿钱,赶快去看医生。最后,老爸没用老鬼子的钱,找了一个过去干过正骨推拿的同学给治好了。老鬼子那天自己开车送菜,让老爸休息了一天,也没有扣老爸的工钱。老爸说,有的时候感觉老鬼子的骨子里还真有点中国人仗义的意思,那家伙以后转世可能会是中国人。

  老爸说有的时候真闹不明白,我们战胜国的人却在战败国家里打工,而且做的都是非常低下的工作!老爸说他在日本,扫地、刷碗、在工地抬钢筋、拆房子、挖沟、抬大理石、开车送货等等体力活儿都做过。在露天椅上睡过觉,在厕所里过过夜。这些工作怎么感觉都是中国被占领时干的,怎么几十年后又转到中国人头上了?!而且是上赶着到人家家门口去干。我们这么个大国仗打不过人家,搞生活我们也搞不过人家!到了我们这一代,还真该改改样儿,好好想想了。

1943年中日万人大械斗

长江一个大拐弯,我们知道我们到达石牌要塞了。在码头等车的一小时时间里,我们打开电脑调出"石牌之战"的历史资料。在长江的南岸我们看见了"狡如狐,勇如虎"的胡琏将军。抗战时期,国民党第18军11师胡琏曾在这里和日寇第39师团主力高木义人打了个昏天黑地。就是这个被毛泽东描述为"狡如狐,勇如虎"的胡琏将军竟然在战役开打前祭天,时间是1943年5月27日正午。

史料记载:

> 陆军第十一师师长胡琏谨以至诚昭告山川神灵我今率堂堂之师。保卫我祖宗艰苦经营。遗留吾人之土地,名正言顺。鬼伏神饮,决心至坚誓死不渝汉贼不两立,古有明训华夷须严辨,春秋存义生为军人,死为军魂后人视今,亦尤今人之视昔吾何惴焉!今贼来犯,决予痛歼力尽,以身殉之然吾坚信苍苍者天必佑忠诚,吾人于血战之际胜利即在握此誓。
>
> 大中华民国三十二年五月二十七日正午

战斗在第二天清晨打响,中日两军不计代价反复冲击彼此的阵地。这次战役后来变成了整个二战中人数最多的白刃战,在三个小时的时间里,整个阵地前没有了往日的枪炮声,双方军人不约而同地端起刺刀冲向对方。在山谷里,我们仿佛听见日军在熟练地卸去枪中的子弹,中国军人则扔掉刀鞘举起了手中的大刀。刀出鞘的声音伴随着彼此军官的鼓噪声,随后双方排山倒海地呐喊与呼啸着冲进对方的阵营。看着寒光闪闪的一片白刃，我随手抓起一把空中飘荡的云雨，紧张地攥在手里，但是我依然闻到了热血的腥味。我战栗地站在那里，尽力地想是什么让近万人忘却了爱情、忘却了亲情、忘却了家乡、忘却了年迈的父母和年幼的孩子。双方带着仇恨，带着军人的荣誉，寻找着对方的破绽，将刺刀血淋淋地挺进对方的身体，瞬间，有人升入了天堂有人落进了地狱。

我呆呆地站在那里看着他们，我看到一群人倒下了，我的身后又冲上来一群人，带着更大的仇恨，带着更撕裂的呐喊。没有人后退，只有不停地倒下。我分不清谁是侵略者谁是我们中国的军人，我看见了站起来倒下去，我看见了血光飞溅，我看见了死亡前的刹那留恋世间的眼神。我看见脚下一个生命在泥血中痛苦地扭曲着，慢慢地他安静了，我不知道他是中国军人还是可恶的日本侵略者。只有一声凄婉的"妈妈"叫得让我心碎。

我们真的是一个健忘又短视的民族。偌大的地方为什么非要把一所学校建在烈士的墓地上？是谁批准在这里建学校的？你们是否

去死！去光荣的战死！

知道,当年在这里械斗的几千名中国军人为的就是这片国土,当那些倒在地上痛苦死去的中国军人,用他们腐烂的血与肉,用他们飘荡在石碑要塞天空的灵魂指着我们这些后人说"你们应该知道什么是惭愧!"的时候,我们无言以对呀!

墓碑就是现在这个学校的台阶,我们真是"踩着"先烈的荣誉在追忆他们。尊重逝者是世界上无数民族的传统,在所有的祭奠场所都是充满了人间所有的赞美词句。

墓碑上的字隐约可见:

溯自"七七事变",抗战均与本师,驰驱南北,喋血疆场。首创敌于房山,告捷于娘子关,……年春,台儿庄会战,以训练未满三月之兵,当敌精锐强悍之师,我官兵尤能坚守半城于一壁一室间。火光熊熊之中,搏斗苦撑,开巷战未有之先例,遂造成辉煌之战绩。同年秋,敌犯武汉,师再布阵于大别山,孤军苦斗,力却强敌。浴血搏斗达十八昼夜,士气之壮,牺牲之烈,可动天地而泣鬼神。……摧坚破锐……势如破竹……歼敌于湘水,挺进扬威……凡此诸役,我忠勇将士为国牺牲者达万余人。……年夏,师于豫南受命援鄂……急趋,冒暑长征……旋奉命接防石牌,扼守要塞,肩荷重寄。……为策应常德会战,……攻击中堡山,官兵神勇,力搏敌垒,前赴后

墓碑仅剩的底座

继,争相先登,受伤不退,裹创杀敌……尤属英烈。……湘省战起,攻事再兴……九十两日,先后猛攻,克敌坚垒四座,……士气鼓舞,……官兵殉国者又近百数余。……杀敌之勇,牺牲之烈,历历在目。……每当……呜然,……缅怀忠良……于石牌西侧,四方山之阳,……筑公墓于其上,……从此忠骸有寄,九原欢腾……

请问,这个学校是怎么讲爱国主义的?是不是还要照本宣科地告诉学生,要好好背诵"狼牙山五壮士"的课文。也可能教育局领导来视察时还会告诉学生们"为中华崛起而高考"!?然后他们挺着三尺二的腰围站在这个台阶上与所有的师生一起合影,最后高唱爱国歌曲?但愿我猜错了。我就是想说,历史就在咱们身边,同胞前辈用血肉堆积起来的荣耀也在咱们身边,真不该如此对待!

那个在我脚下痛苦地喊出"妈妈"的军人,如果是普通日本士兵,他的灵魂飞向了靖国神社,在那里他们国家和人民张开双臂拥抱了他的灵魂。如果是中国军人的话,他又一次被另一把刺刀再次插入他的身体,而且被自己的后人每天踩在脚下。我想他再次痛苦地喊出的还会是那句"妈妈"!

这时候我想起爷爷给我讲的故事。听爷爷讲,"文革"的时候中国分成很多派,其中有两个大派——保皇派和革命派,谁对谁错没人搞得明白,谈不好就打起来,也可能根本就没谈。当时,武力是解决一切纠纷的最佳途径,只要你不同意我们的观点就打,打赢了就是对的。就好像国与国之间的战争一样,谁拳头硬谁就代表真理。足球比赛还有个裁判呢,可是"文革"时期没有,整个社会仿佛都延续着主义大于法律的历史惯性,一个红卫兵小将可以把大元帅彭德怀按下去暴打一顿。抗战的时候日本鬼子也没有这样对待老彭啊,老彭到死也没明白"革命"怎么这么快就革到自己的头上来了。

七月的宜昌气温高得像蒸桑拿,可是我身上流下的却是冰冷的汗水。我毛骨悚然地关上电脑,呆呆地坐在那里,大巴驶进了宜昌码头,我不想再回头去看一眼三峡,让千年的李白自己风流去吧。

我讨厌余秋雨那句话:"三峡是中国最美丽的风景!"

祭天军浴血池

《虎贲万岁》

　　我们到达宜昌机场，准备坐当晚的飞机回重庆取车，继续我们的长征。机票是晚上一点的，我们有十个小时的时间无事可做，只好在候机楼里躲着火一样的高温，坐在人家的咖啡屋里不停地喝饮料。老爸打开地图，计算着余下的路程和要去的地点。我背完单词后打开电脑，调出抗战历史中的湖北部分。

　　从地图上看，从宜昌向南300公里的范围内，抗战时期打过几场狠仗。1943年11月至12月，日本中国派遣军为牵制中国军队对云南的反攻，并掠夺战略物资，打击中国军队的士气，对第六战区和第九战区结合部发动了一场战役。日军第11军出动约9万人攻克常德，国民革命军第74军57师苦战16昼夜，以几乎全军覆没的代价为中国军队形成对敌的反包围赢得了主动。中国国民革命军第74军57师代号"虎贲"。

　　"虎贲"一词来源于《尚书》中的《牧誓上》篇的记载："武王有戎车三百辆，虎贲三千人。"从此"虎贲"这个称号成为历代英勇无敌的军队的最高荣誉。师长余程万率全师8000余人苦战16昼夜，最后仅剩83人。还有一种说法说突围出去83人，常德城内还剩余300人左右。1945年春，作家张恨水正式动笔写《虎贲万岁》，他在《自序》中隐隐讲出了他拒绝用暴露笔法的真实原因和他被感动的经历，"我写小说，向来暴露多于颂扬，这部书却有个例外，暴露之处很少。常德之战，守军不能说毫无弱点，但我们知道，这八千人实在已尽了他们可能的力量。一师人守城，战死得只剩下八十三人，这是中日战争史上难找的一件事,我愿意这书借着五十七师烈士的英灵,流传下去,不再让下一代及后代人稍有不良的印象,所以改变了我的作风。"

2003年12月8日,"常德会战60周年公祭"在常德抗日烈士公墓举行。祭文念到一半,风雪突至。近80岁的顾华江老兵从贵州赶来,一下火车,就直奔公墓,扑地大哭。当周围的常德市民知道他是参加"常德保卫战"的57师抗战老兵时,纷纷抓住他的手不放。后来,顾华江老先生在公祭大会上颤声问:"常德人民,你们好吗?"台下两千多个声音齐答:"你好!"据说,当时台上坐着的一大排政府官员,在这样惊天动地的问答声中,全都哭了。

余程万将军解放后定居香港,身死暴徒。据其副官说,胸腹有一排子弹,相信是冲锋枪或轻机枪所致,而劫匪没有这种装备。其中一种说法,是蒋介石对其下的手,他的后人现在以摆摊为生。

逃跑的武士

1945年5月,日本驻中国派遣军向中国湖南雪峰山的芷江机场发动大规模战役。这次战役结束后的3个月,一架日军飞机在芷江上空盘旋3圈,然后降落在芷江机场。飞机的后面飘着一面白旗,只是这面白旗上少了一个红点,是一面投降的白旗。中国宪兵在检查完飞机上人员的证件后,命令其一行人可以下飞机了。这一幕戏剧性地出现在所有在场的中国人眼里,他们似乎都不敢相信,3个月前的战争还历历在目,难道战争结束了?!我们赢了?!

在电影《最后的武士》最后,胜元将军这位武士道的楷模,这位备受武士们爱戴的领袖,带着全部不屈的500名武士,做最后的亡命冲锋。按电影剧情显示,武士的时代已经落下历史的帷幕了,胜元和武士们这些冥顽不化的骨灰级人物死了,日本的历史就会翻开新的篇章,因为他们的存在阻碍了日本的科学文化发展和进步。但这只是导演和编剧的一厢情愿,作为东方人,我知道,很多东西都是血液里或者是基因里带来的。

《最后的武士》说的是1877年,但是在60多年后的中日战争和太平洋战争时,日本军人依旧是头系白布,手拿武士刀,嘴里喊着"天皇万岁"的口号,驾驶飞机冲向美军舰艇做自杀式攻击。他们拿自己的生命当做天皇的子弹射向敌人,他们认为他们战死仿佛樱花谢幕一样美丽,春去春来、花开花败,他们的灵魂无休止地在重复。

国内的飞机好像就没有正点过。凌晨2点30分从宜昌起飞,晚上

3点半我们重回重庆，等到黑灯瞎火地摸回饭店，已经是凌晨4点半了。便宜的房间都满了，只剩下最贵的那种了，是住店还是在车里混一宿，我们爷俩儿商量半天，决定在车里睡上几个小时。早晨不到7点，我们吃了早点就出发了。今天准备在恩施住下，然后一站到武汉，途中去看一下老爸多少年来一直念叨的沙洋镇鸡鸣嘴。

在恩施快捷酒店里，我们先美美地睡了一大觉，起床准备吃饭的时候，发现已是大雨倾盆了。恩施县城里的水已经到了膝盖，我们住的饭店地理位置很高，晚上应该不会被洪水冲走。恩施电视台"哇啦哇啦"地说什么地方已经开始爆发山洪了。我和老爸对洪水的感觉好像已经疲倦了，只要不地震，其他的我们都不怕了。

晚上，我们一边看《阿凡达》一边躺在床上挠着腿上的包，一共153个大包，其中一半已经被挠破了。我打开电脑调出抗战资料，我知道从恩施向南就是激战雪峰山的芷江机场。威廉·芬德利一定来过这里，他应该参加过这场战役。他那架P-38战斗机一定让日本武士恨得要死！我能想象到他在俯冲时一定是坏笑着打光所有的子弹。我知道这位老友一定还不解气，最后会把能扔的东西全部砸向目标。想到这里我不由自主地哈哈笑了起来，老爸问我笑什么，我告诉他我想威廉了。

参加作战的中国军队：抗日铁军第74军、祭天军第18军、第100军、中国远征军新6军、73军、118师，看看这个阵容！中国当时几大主力除新一军、第五军以外全部到齐！而且现在都已经换装了美式武器。到1945年的中日战场，该日本人开始走背字了，仗怎么打的不说了，很多人都知道。在这里省略5000字。

这次，骁勇善战的日本武士开始向中国人民展示出另外一个特点——"冲锋！"但不是向前冲，而是向后冲！日本武士拿出真正武士道的逃跑绝技。这回可不是中国军人没命地逃跑了，而是轮到NB的日本武士了——上级不要下级，下级不顾上级，什么武士的尊严和德行都不要了，什么对天皇的誓言都去TMD吧！这还不算什么，最让天皇便秘的是109联队竟然派出投降使者洽谈投降事宜。呜呼！谁说大日本帝国的武士不怕死？

　　当一架中美空军P-38对武士们穷追猛打时，又一个戏剧场面出现了，逃跑中的大日本军人实在害怕天上的飞机，竟然向袭击他们的中美空军挥舞白旗请求保命。其中一位日本支队长饭岛君被一只空中投下的美式军靴击中臀部身亡，皮鞋的上面写着美国空军士兵的名字——威廉·芬德利。(哈哈，投鞋故事是我的想象，如在本次战斗中出现吻合，纯属点背。)

　　看来《最后的武士》这个电影一定是日本人投资的，只是让美国电影发行公司发行的吧！这就像老爸小时候看的战争电影《地雷战》、《地道战》、《小兵张嘎》一样，倒真是有"革命乐观主义"精神！

听老爸讲那过去的事情

　　顶着烈日,我们进入"三国关羽"的地界,穿过"火烧连营",我们的前面一马平川。望不到边的大平原,我们像是在一个大锅里行走一样。离开北京已经一个月了,从来没有离开家这么久过,虽然我们每天和妈妈电话不断,但是真的还是很想妈妈。

　　离我们不到100公里处,就是老爸小时候随爷爷被轰出北京的"五七干校"沙洋镇。我们90后真的不知道什么是"五七指示",反正坐车没事儿,也想听听老爸小时候是怎么过的。

　　老爸讲"文革"开始后没两年,国家机关全部下放到农村去,说是"备战备荒为人民",反正那时候感觉还是战争思维,老想准备打仗。1968年,国家又号召年轻人到祖国最需要的地方去,也就是"知识青年上山下乡",结果全国的城市年轻人都排队去了全国各地的农村。爷爷、奶奶那些国家机关的人就都去了"五七干校"。就这样,在革命的号召下,很多人家就这样天南海北地分开了。爷爷去的地方是湖北沙洋镇一个叫鸡鸣嘴的地方,奶奶去的是湖北沙市边的农村,姑姑去了大姨奶家暂住,老爸去了爷爷的弟弟家暂住,全家四个人住在四个地方。老爸说当时特别想爷爷奶奶,总是问人家:"我爸妈什么时候来接我啊?"那个爷爷就说:"树叶落的时候就来接你了。"树叶真的开始落下,但是爷爷奶奶并没有来接老爸。老爸说他头上有两个旋儿,用爷爷的话说属于"那种拧玩意",天天大吵大闹要找爷爷奶奶,最后那个爷爷只得托人把老爸送走,去找爷爷奶奶。老爸的身上缝了一个布条,上面写着老爸的名字、要去的地点、爷爷奶奶的名字和单位,就这样,老爸被"快递"出去了。

爷爷的弟弟家有三个孩子,都是16到19岁,也就是红卫兵的年龄段的人。老爸那时大概5岁,所以他们天天带着老爸去"参加革命运动"。记得一次批斗王光美,老爸在批斗现场,但他不知道谁是王光美,就问这些大哥哥们,得知肩上挂破鞋的就是王光美,中国国家主席的老婆,老爸很吃惊。当然,当时国家主席刘少奇已经被打倒了,罪名是叛党、叛国、走资本主义。老爸当时不明白国家主席为什么要背叛自己的国家?也不知道这罪名有多严重。

没过多久,那些大哥大姐们的好日子也到头了。我们领袖的一句话:"到祖国最需要的地方去!"他们就得全部开始准备行囊。奶奶走的时候留给我老爸一个大床单,那两个大哥和大姐走的时候和老爸商量,能不能剪成两半,这样他们俩一个去内蒙一个去黑龙江就都有床单了。老爸说,他们一走就是十年。

老爸指着车外的长江说:"火车到了武汉,我就被送到了一个轮船上,沿长江逆流而上,走了很长的时间。下了轮船就上了一辆大解放,唱着革命歌曲呼啦啦就给拉到了屁也没有的农村。"老爸说他上学期间就没有安定的时候:在北京上了半年学,该学拼音了就去了农村,到了农村没有学上,等有了学上又没有教拼音的老师了,会拼音的老师被"运动"了。结果到现在老爸还是不会拼音。

我张着大嘴像听天书似的听老爸在那里说,还是难以想象那时候的生活是什么样的。老爸说,姜文的电影《阳光灿烂的日子》讲了那段生活,但是和老爸的不太一样。

小红马停了下来。老爸指着一个小山包说:"就是这里,我和你爷爷奶奶在这里生活了四年。这四年里我除了玩就是玩,下河摸鱼、打鸟、抓青蛙。没人管,学习肯定是完蛋,结果回了北京,大家集体蹲班!学习成绩永远是全班最后那几名,非常有优势地保持到中学毕业。"

我建议老爸去看一下当时住过的房子,老爸说:"算了吧,人生最美好的就是童年,把童年的影像永远留在脑海里不要打破。回忆都是美好的,伟大领袖给了我一个美好的童年,那时除了苦点儿,玩是真玩爽了。"

日本的猴哥

我喜欢和老爸聊天,老爸也能忽悠。在我成长的过程中,老爸忽悠了我无数次。按他的话说,为了让我好好学习,《孙子兵法》除了"美人计"没有用,其他的都用上了。老爸希望我以后能够出国留学,所以总是有意无意告诉我他在日本留学时的事情,希望我以后真的出去了,他那些经历会对我有所帮助。而且我也喜欢听他年轻时的事情。反正我们在车上有的是时间,老爸说话开车也不寂寞了。

老爸说,1994年在东京上高田一家7—11的商店里打夜工,认识了一个住在附近的日本人,一来二往就熟悉了。那家伙也没有工作,一到晚上就陪老爸上班,还帮老爸干活。早晨老爸下班,他回家睡觉。后来他问老爸,能不能帮助他一起收拾他家的阁楼,因为他父亲死了以后就没有人再上去过,上面非常乱,他自己不敢上去。

这个日本人姓中国的汉字"猿",应该念"沙鲁",但是叫起来太麻烦,老爸直接就叫他猴哥。他想了一下,觉得不错,就答应了。来到他家才知道,他是和他母亲两个人一起生活,家里也是乱得不行。老太太看见有生人进来,招呼也没打就躲回自己房间里了,嘴里还唠唠叨叨的。猴哥告诉老爸,他的哥哥是个黑社会,老来找他们的麻烦,他非常怕他的大哥,怕挨揍,所以天天祈祷他大哥不要来给他们找麻烦。老爸告诉他:"没关系,哪天你哥来,你找我,我去会会他。"猴哥的眼睛闪出一丝兴奋。

老爸爬上阁楼后,猴哥在下面问老爸:"你害怕吗?"

老爸说:"我不怕,日本人肯定怕!"

猴哥笑着说：“你们中国人为什么胆子那么大？”

老爸说：“当年你们日本人侵略中国时，我们中国人就是拿这种不怕死的精神和你们干的！”

老太太听见他们忙上忙下的，从房间里出来问老爸：“你能把我和老头儿的结婚像找出来吗？我已经很多年没有看见那些照片了。”

在阁楼里，十几只大箱子东一个西一个地放在上面。上面也没有灯，只能拿手电照明。老爸问猴哥：“你们家多少年没有人上来了？”

猴哥说：“小的时候上来过。老爸死了以后，就再也没人上去了，最少有20年了。”上面的土和蜘蛛网多得要死，因为空气不流通，上面的空气非常差，上去一会儿就得下来透透气。

老爸问猴哥怎么收拾，猴哥告诉老爸：“你看着来，你认为有用的东西你就问我，你认为没用的东西，我们就把它当垃圾扔了。”

老爸说：“我认为上面的都是垃圾，都可以扔了！”

老太太忙说：“过去的信和照片最重要，衣服那些就都不要了。”

老爸拉了一条照明线，先把破衣服什么的扔了下去，把箱子归整在一边。猴哥站在阁楼的洞口下面，把垃圾向外运。最先打开的箱子里什么都没用，都是一些猴哥他们小时候的学习资料和作业本，因为怕书里夹着照片和信件，所以每本书都要翻一遍。

最先找出来有历史价值的是一个小女孩的一组照片，一个非常漂亮的小女孩在幼稚园的照片。老爸拿给老太太问：“这个是谁？”

老太太说：“是绿子，我的大女儿。她在中国关东出生，也算是半个中国人。你看看她多么漂亮，多么可爱啊！”说着老太太就哭了，抱着照片转身回到她自己的房间里去了。

猴哥倒完垃圾回来，老爸问猴哥：“绿子是你大姐？”

猴哥说：“是的，她生在中国大连，后来战争结束时，她被丢在了那里,现在不知道死活。老太太一直在想着绿子,希望有一天能够找到她。但是这么多年过去了,可能性已经非常小了,如果她还活着,那么她现在就是你们中国人了。"猴哥最后说:"我没有见过我的大姐。"

接着找出的是猴哥的大学毕业证书,猴哥高兴得不得了,说:因为没有大学毕业证,害得他找不到工作。老爸说:"早知道去中国给你做个山寨的,哈哈!"

没过多久,还真的把老头儿和老太太的结婚照给找出来了。老爸高兴地在阁楼上喊老太太:"找到了!找到了!"老太太连滚带爬地从房间出来,嘴里不停地说:"对不起,对不起,给你添麻烦了,都是我们不好。多难找啊,我这几个孩子真是不好,让老头儿自己待在上面这么多年。"

老头儿他们那一代人基本上都是老鬼子。日本真的是全民皆兵,打到最后连寺庙里的和尚都被征走了。日本人想把中国围困死,中国人想把日本熬死!这样打下去,谁都没有好结果,一个翻着白眼,一个吐着白沫。嘴里都喊着战胜对手,但都是强弩之末。一个是到手的东西不想失去,一个是自己的东西不想让别人抢走。战争就是这么个玩意儿,赢的没赢,输的没输,白白折磨了老百姓多年。

一张1932年的照片进入了老爸的视线:一个日本飞行员站在一架飞机前,目光直视前方,站的姿势也很转,不知道他是准备上飞机还是下飞机。这架飞机已经是单翅膀的了,不是双机翼的那种,应该是很先进的了。老爸拿给老太太看,老太太告诉老爸,这个就是他的老头儿。从老太太的眼光里可以看出,她依然是那么眷恋这只老猴子。

老爸问老太太:"老头儿是飞行员?"

老太太说:"他是一个飞机的试飞员。这架飞机就是二战时期著名的零式飞机。老头儿就是这种飞机的第一个试飞员。他的胆子可大了,敢在天空做各种各样的动作,所有日本的新飞机他都飞过。"老太太看了老爸一眼又说:"老头儿不是一线战斗人员,战争时期他虽然在中国,但是他没有杀过中国人。他只是一个酷爱飞行的年轻人。我有三个孩子都生在中国,一个是在大连的绿子,另外两个生在中国的香港。"老太太看着窗外,轻轻地哼着一首日本的民歌,她是在安抚那老猴子?还是思念绿子和另外那两个孩子?最后老太太向老爸深深地伏地鞠躬道:"谢谢你,给你添麻烦了。如果还有他们的东西,麻烦您一定给我。"

这就是战争的结果!当侵略开始的时候,就意味着无数家庭开始破裂,一发子弹的命中就意味着一个母亲一生的思念和痛苦。当石碑中日两军大械斗倒在我脚下的那个军人喊出"妈妈"的时候,不管是中国士兵的母亲还是日本士兵的母亲,都会战栗着从梦中惊醒。这时世界上所有的母亲都会瘫倒在地。政治家喊出的"正义"的口号全是骗人的谎话,再多的荣誉与勋章都不能挽救丧子之痛带给母亲的悲伤。

离长沙还有10公里,我们想去看一下毛主席的"橘子洲头",三拐两拐在五一大街旁的一家餐馆停下。我们又是一天没有吃东西了,一边吃饭我一边催老爸继续讲猴哥家的事情。老爸是饿急了,理都不理我,埋着头在那里呼噜呼噜地吃,最后终于放下手里的碗,点了一支中南海,又侃了起来。

老爸用了一个礼拜的时间,才把猴哥家的阁楼收拾好,找到不少他家过去的纪念物品。老太太把那些和家人有关的照片和物品都摆在自己的房间里,老头儿和绿子的照片都挂在墙上,以后她可以天天看着他们了,这可能就是中国人说的"念想"吧。

收拾好阁楼的那一天,老太太拿出一个信封给老爸说:"太谢谢你了,因为你给我家的帮助,让我们找回了那些家人,请你务必收下。"

老爸也不客气,拿过信封说:"谢谢。"最后老太太看着猴哥,猴哥好像想起了什么,把老爸拉到一边说:"我妈想请你再帮个忙,不知道行不行,有点危险。"

老爸说:"你说来听听。"

猴哥说:"我那个黑社会的哥哥经常回家找我们的麻烦,总是要钱,老太太特别怕他。他每次来都先打电话,下次他来的时候,我请你过来可以吗?保护一下我们。"

老爸看着猴哥说:"你可以报警啊。"

猴哥说:"警察说那是我们家的事情,警察不好管。"

老爸说:"行,你给我打电话吧。"

果然不久老爸就接到猴哥的电话说,他哥哥晚饭时来。老爸如约进了猴家,看见猴哥乖乖地站在客厅的角上,像一个做了错事的孩子。他的哥哥站在房子中间,在向老太太的房子里不知道在说些什么,只听见老太太在那里嘟囔:"我不知道,我没有钱。"他哥哥带了一个小兄弟和一只苏格兰牧羊犬。

讲到这儿,我心里哈哈地乐了起来,老爸可是经历过"文化大革命"的人,打架是没有问题的,有好戏看了。我问老爸:"打起来了?"老爸诡秘地一笑:"可好玩了。"

老爸指着那个小伙计说:"你带着这猪给我滚出院子,谁让你带猪进房间的?!"那小伙计一脸的委屈,看着猴哥的哥,猴哥的哥也不知道从哪里钻出这么一个中国混蛋,看了老爸一眼,可老爸根本就不看他。他只能去问猴哥:"他是谁?"猴哥不敢说话,又回头看老爸。老爸抬起脚就把那只苏格兰牧羊犬从房间里踢了出去,那苏格兰牧羊犬冲着老爸龇牙,老爸拿起身边的一个平底锅向那苏格兰牧羊犬扔去,那犬"嗖"的一下就跑了。老爸又指着那小伙计说:"你,滚出去!"那小伙计不动,老爸又开始找东西,那小伙计跑了!

这时老爸才转过身来问猴哥的哥:"你是干什么的?"猴哥的哥乖乖地说:"我是这家人,你是谁?"老爸用中文告诉他:"我是你中国大爷!"猴哥的哥肯定是听不懂,问什么意思,老爸装狠说:"你以后不要来了,再来就收拾你,听懂了吗?"猴哥的哥问:"为什么?"老爸告诉他:"滚,不为什么!"

我问老爸:"完事了?"老爸说:"完事了。"我又问老爸:"他是黑社会吗?"老爸哈哈笑道:"他黑个屁啊!日本人吃硬不吃软,你对他越厉害,他就越怂,他就越服你!知道吗?正义有的时候就是武力,美国人的正义都是打出来的,没有一个正义是说出来的。"

我在想为什么老爸帮助猴哥一家打架?是老爸野蛮,还是为了那个在中国生活的绿子?她会是"小姨多鹤"吗?

抗战家书

打开电脑搜索湖北抗战,再搜索地图,发现从沙洋镇向北就是张自忠将军殉国处。张自忠将军是第二次世界大战同盟国军队里牺牲的最高军事将领——中国国民革命军第33集团军总司令。在抗战时期,我们中国军队一共牺牲了206名将军,军人阵亡人数3211419人。

1940年5月1日,张自忠亲笔昭告各部队、各将领:"国家到了如此地步,除我等为其死,毫无其他办法。更相信,只要我等能本此决心,我们国家及我五千年历史之民族,绝不至亡于区区三岛倭奴之手。为国家民族死之决心,海不清,石不烂,绝不半点改变。"

张自忠将军阵亡后,武汉日军广播电台随后发布的报道也钦佩地说:"张总司令以临危不惊、泰然自若之态度与堂堂大将风度,从容而死,实在不愧为军民共仰之伟丈夫。我皇军第39师团官兵在荒凉的战场上,对壮烈战死的绝代勇将,奉上最虔诚的崇敬的默祷,并将遗骸庄重收敛入棺。"

根据日方资料显示,日军第四队一等兵藤冈是第一个冲到近前的。突然,从血泊中站起来一个身材高大的军官,他那威严的目光竟然使藤冈立即止步,惊愕地愣在那里。冲在后面的第三中队长堂野随即开枪,子弹打中了那军官的头部,但他仍然没有倒下!清醒过来的藤冈端起刺刀,拼尽全身力气猛然刺去,那军官的高大身躯终于轰然倒地。这时是1940年5月16日下午4时。

从国人骂他是汉奸时起,张自忠将军就是抱着战死的决心参加各次战斗,"只求一死"之决心,一战于淝水,再战于临沂,三战于徐州,四战于随枣战役,终换得马革裹尸还,以集团军总司令之位殉国。他以一生之践行,真正实现了名中的"忠"字。

《论语·卫灵公》曰:"志士仁人,无求生以害仁,有杀身以成仁。"孔圣人在两千多年前已经把"仁人志士"的定义解释完毕,作为东方国家、东方文化的涵盖领域,无数的东方文人与军人都记住了这句话,这里也包括日本军人。日本是个拿来主义的国家,日本的天皇或者日本将军统治阶级在漫长的阶级统治时期,用中国文化的概念管理自己国家的民众,孔圣人在日本一样有至高无上的地位。

东方文化一直强调道德行为标准,也就是中国人说的"德行"。德行的好坏决定君主与民众的好坏,只是中国军人和日本军人的正义的位置和所处的角度出现了偏差。中国军人是为国家去成仁,日本军人是为天皇而成仁。文天祥就义前向南方跪拜,跪拜的是国家。日本军人向东方跪拜,跪拜的是天皇。中国军人冲锋时嘴里喊的是:"中华民族万岁!"日本军人喊的是:"天皇万岁!"中国家长教育后代:"好好学习,以后做国家之栋梁。"日本家长教育后代:"好好学习,以后好效忠天皇!"中国军人打了败仗第一概念是:"对不起国家,无颜见家乡父老。"是为"气节"。日本军人打了败仗第一概念是:"对不起上级,对不起天皇。"然后非常仪式化地刺开自己的肚子,可谓之"罪责"! 在战场上,几乎从没有听日本军人高喊:为了日本冲锋,为了国家而冲锋。由此看来在国家的概念上,在教育国民的问题上,中国家长和皇帝比日本家长更具东方文化气节,而日本家长和天皇更具有奴隶性和揍性。

在抗日战争中,中国已经没有了皇帝,中国军民为国家前赴后继冲锋,所有军人给家人写信都是说为了报效国家。

其中抗战名将张灵甫在给家人的信中这样写道:

此次对日之战,为国家民族争生存,兵凶战危,生死难卜。家人当认我已死,绝勿似我尚生。予果死,堂上双亲,请兄奉养;膝下诸子,望兄抚教;余妻守嫁,听其自然。

胡琏将军分别给父亲和妻子写下了两封信。给父亲的信这样写道:

父亲大人:

儿今奉令担任石牌要塞防守,孤军奋斗,前途莫测,然成功成仁之外,并无他途……有子能死国,大人情也足慰……恳大人依时加衣强饭,即所以超拔顽儿灵魂也……

给妻子的信这样写道:

我今奉命担任石牌要塞守备,原属本分,故我毫无牵挂……诸子长大成人,仍以当军人为父报仇,为国尽忠为宜……十余年戎马生涯,负你之处良多,今当诀别,感念至深……

一代抗日名将戴安澜给妻子的信这样写道:

亲爱的荷馨:

余此次奉命固守东瓜(东瓜即同古城),因上面大计未定,其后方联络过远,敌人行动又快,现在孤军奋斗,决以全部牺牲,以报国家养育!为国战死,事极光荣,所念者,老母外出,未能侍奉。端公(端公即为戴安澜叔祖父戴端甫,知名爱国人士。戴安澜人生道路引路人。2月28日,端公于广西全州病逝,戴安澜因奉命远征，未能亲临送葬。)仙逝，未及送葬。你们母子今后生活，当更痛苦。但东、靖、篱、澄四儿，俱极聪俊，将来必有大成。你只苦得几年，即可有福，自有出头之日矣。望勿以我为念，我要部署杀敌，时间太忙，望你自重，并爱护诸儿，侍奉老母！老父在皖，可不必呈闻。生活费用，可与志川、子模、尔奎三人洽取，因为他们经手，我亦不知，想他们必能本诸良心，以不负我也。

  安澜　民国三十一年三月二十二日

1937年12月左权将军写给母亲的信(节选)：

  母亲，亡国灭种的惨祸已经到了每一个中国人的头上，我们决心与华北人民同甘共苦共生死。我军将士都有一个决心，为了民族，国家的利益，过去没有一个铜板，现在仍然没有一个铜板，过去吃草，现在准备还吃草。

时任新四军第二师五旅十三团二营三连副政治指导员兼党支部书记程雄，临行前写了一封家信：

亲爱的双亲大人膝下：

  儿这次为了民族，为了阶级，为了可爱的家乡，为了骨肉相连的弟妹，求得生存和幸福，儿不得不来信辞别双亲大人。如果不能活着的话，双亲大人应保重玉体，抚育好弟妹，生活难度的话，可卖掉土地、房屋，把生命糊过来，到十年八年我们就好了，有饭吃、有衣穿、有房子住，现在儿就要离开大别山，走上最前线消灭敌人，保卫中华，望双亲不要悲伤挂念，儿为伟大而生,光荣而死,是我做儿子最后的心意,罪甚!罪甚!

桂军第7军第171师年轻的唐仁玷团长,写给后方妻子的一组战地情书,也是抗战初期国民党正面战场将士们同仇敌忾共赴国难的历史见证。家国情,民族恨,儿女情,男儿志。国之不存,何以为家?家庭不稳,何以报国?

亲爱的玉妹:

　　我先后共寄给你的家信,有七八封了,你收到没有?大约因我军队行止无常,你寄来的信或被邮局遗失了吗?总未收到你的信,我非常挂心你们,你现在和文武儿辈及令堂大人大家都好吗?

　　玉妹,现在我们的国家真正危险极了,南京、上海、苏州等这些地方都被日本占去了,要快到汉口来了。不过他恃其武力,野蛮横占,我们大家都觉悟,抗战到底,不要为他武力而屈服,总会得到最后胜利的。请你耐烦抚带文武两儿,尤其要严管文儿读书。对于寄钱的办法,已经在双亲大人信上和前寄你那封上说得很明白。我今天不多写了,请速回我信,此祝

　　安好!

　　另有三页送双亲问安

你的远征要你担心的兄仁玷手启
十二月二十三日

著名爱国人士闻一多给友孙毓棠的信:

　　悉与毓棠为忘年交者十有余年,抗战以还,居恒相约:非

抗战结束,不出国门一步。顷者强虏屈膝,胜利来临也。而毓棠亦适以牛津之邀,而果得挟胜利以远游异域。信乎!必国家有光荣而后个人乃有光荣也。承命作印,因附数言,以志欣慰之情,非徒以为惜别之纪念而已也。

戴安澜　　　　胡琏 　　　　张灵甫

左权 　　　　闻一多 　　　　张自忠

台湾同学小蔡

在荆州的饭店里,老爸点了一支烟又开始慢慢地说他在日本的经历:

"我在日本期间,还认识一个叫小蔡的台湾小伙子。我们握了一下手,非常假地寒暄了几句之后,就开始成为朋友了。小蔡虽然是台湾人,但是来自南美的一个什么国家,好像是巴拉圭或者秘鲁。按他的话说,他家在那里有一个巨大的农场,很多亲人都住在那里。因为太喜欢玩所以学习也不是太好,从台湾一所大学毕业后,被家里人轰到日本继续深造。

我们俩凑到一起后,好像就都没有好好学习过,天天躲在教室的角落里,天南地北地神侃。老师把我们强行分开,结果没两天又死皮赖脸地凑到了一起。他的童年是在南美农场度过的,我的童年则是在"五七干校"度过的,都很自由天然,俩人有很多捣乱的历史都相似。小蔡是跟着爷爷长大的,他的爷爷曾经是国民党中央委员一级的大官,当然是从大陆败退过去的那些人。他爷爷非常忙,根本没有时间管他。而我的爸爸天天要改造革命思想,也没有时间管教我,最简单的教育方法就是抽时间揍一顿了事。

终于有一天,我们触及到了敏感问题"解放战争"。他们叫"戡乱战争"。一天我问小蔡,你们国军那么多的队伍,号称800万大军,怎么就输给了你们说的共军了呢?小蔡说,你们不仗义,我们打了8年抗战,你们却在发展自己的武装,长征后你们号称三万人,其实根本就不到,结果抗战胜利时你们已经拥有百万之众。你们抢地盘的速度太快了。小蔡说,在台湾,蒋介石是仁慈忠厚的领袖,你们的领袖太狡猾了,你们是反政府武装,你们是叛军,我们国军不想向自己的同胞开枪。"

老爸说:"打不过就打不过,不要那么多的废话,只能说你们的领袖不如我们的领袖有本事。"

小蔡说:"你们的领袖太会煽动人民了,半个中国的农民都跟随你们和我们打仗,我们不输才怪呢。"

后来老爸和小蔡再也不坐一起了,他们为各自的领袖"88"了。

我说:"你们谁都没有错,你们都是为了'主义'那些东西,主义在你们那代人心里太重要了。老爸,这是不是说明你们都太,太'脑残'了!"

老爸沉默了一会儿说:"人都是有局限的,大到领袖,小到百姓。主义和信仰本身也许不是坏东西。等你长大了,再多读点儿历史,也许就会理解得更透彻一点儿。"

大阪窝囊废师团

在九江大桥口,一辆拉着满车蜜蜂的货车翻倒在路旁,哈哈,结果满天飞的都是蜜蜂。受了惊吓的蜜蜂横冲直撞,见人就蜇,见缝就钻。车窗外,按星爷的话讲:"一只苍蝇,哦,不是一只,是一群,哼哼的在那里怪叫,我手起刀落,这个世界安静了!"

从江西鄱阳湖东侧穿过一个采砂场进入老爷庙,对面就是庐山。在抗日战争时期,发生过"庐山血战"。1938年6月,日本人进攻,中国军人防守,双方打得天昏地暗。薛岳将军带领中国军队咬牙歼灭了日本最窝囊的106师团大部。按日本军队内部给他们起的外号叫"大阪商贩106师团"。

日本军队序列、番号100以后的师团基本都不是主力师团。也就是这些二流军人,还差点让薛岳将军的牙给咬碎了。这帮窝囊废硬是从中国10万大军里跑出了近1000人。不要骂我们中国军人面,当时我们拼了全力了,但真的干不过。

关于老爷庙,有这样一个传说。相传明太祖朱元璋与陈友谅大战鄱阳湖时,有一次朱元璋败退湖边,湖水挡住去路,无船难行。险急关头,忽有一只巨鼋游来,搭救朱元璋渡湖。朱元璋得天下后,不忘旧恩,封巨鼋为"元将军",在湖边建"定江王庙",百姓称为"老爷庙"。

在老爷庙下一个专门用于燃放爆竹的平台上,我们给南来北往的船只燃放了一挂千响的爆竹,为所有船家祈福顺风顺水。听老爷庙的工作人员讲,1945年4月16日,一艘日本运输巨轮"神户丸"号驶到鄱阳湖老爷庙水域时,突然无声无息地沉入湖中,船上20余人无一逃生。其后,日本曾派人潜入湖中侦察,下水的人除1人返岸外,其他人还是神秘失踪。而且据当地人讲,所有沉没的船都不知道去了哪里,而且不是像泰坦尼克号一样的静默海底,他们消失了,像"灰机"一样,"灰"了,"灰"走了……

放眼望去,鄱阳湖水面平整光滑,看不到一点的危险。成群的水牛慢慢地在水中享受着夕阳的宁静,西岸的庐山隐隐可见。我在想薛岳将军就是把牙都咬碎了,也不能消灭大阪窝囊废师团,大阪商贩窝囊,但是他四周的日军师团可不窝囊。那时候我们和日本军人是有代差的,我们打的是平面战争,人家已经是立体战争了。

站在鄱阳湖的大水边,望着远处依稀可见的庐山,一抹残阳斑斑驳驳,几分钟后残阳会无情地消失在夜空里,谁会记得昨日的晚霞?谁会记得他们曾经如夏花般的灿烂?转眼他们又似秋叶般静美逝去。他们"生于斯,死于斯,铭于斯,其魂气无不之也,其死而有不澌者矣"!

我绕过脚下一棵美丽的小野菊花,静静地聆听远处飘来《野百合也有春天》的歌声:

> 你可知道我
> 爱你想你念你怨你
> 深情永不变。
> 难道你不曾回头想想
> 昨日的誓言。
> 就算你留恋
> 开放在水中娇艳的水仙。
> 别忘了山谷里寂寞的角落里
> 野百合也有春天!

在武汉我赢了一箱可乐

出了都昌我们就一路狂奔。今天已经是2010年8月19号了,学校要求23号返校,可我还什么都没有准备。开学后那个可爱的马骊校长会骂死我的。他如果骂我,我就抱着他狂亲他,看他跑不跑!

G4应该是中国南北的大动脉,路况很好,就是收费有点贵。我们准备用两天时间开回北京。离开家已经一个多月了,真想老妈呀!而且,这一个月爷爷奶奶们一直提心吊胆的,怕我们出什么事情。俺毕竟是独子独孙啊。

我和老爸已经习惯在车里谈论各种事情了。我给老爸倒了一杯茶,老爸看了我一眼,我们哈哈大笑道:"开始吧,谁起头?"老爸说:"这一路走来,有什么体会?说来听听吧。"

我像模像样地喝了一口可乐说:"发生了这么多的事情,我真得好好捋捋。如果我们回到了北京,那么这些事情都会成为我自己的历史。中国文化讲叫传承,西方叫站在巨人的肩膀上,意思差不多!"老爸说:"我们虽然做这事情不容易,但我们不能永远停留在这个层面上,我们还需要一起升华,向更高的巨人肩膀上爬,哈哈哈……"

老爸说,当年唐僧西天取经,目的不仅是为了取经,还想通过自己的学习使中国的佛教能够提高到一个新的层面。我们这一路走来也得和唐师傅一样,不光要取得真经,还要提高我们的人生境界,今后做更有意义的事情,这才是我们这趟万里之行的目的。

然后我们就开始讨论下一个计划是什么,什么开养老院啊,继续关爱老兵啊,救助残疾儿童啊,但是好像都不是那么提升自己的水平。创新、创新,做别人没有做过的事情或者别人没有做好的事情,像乔布斯一样做改变自己人生的事情。按照李开复的说法——"世界因你不同",怎么才能不同呢?

老爸问我这一趟除了纪念抗战的中国军人外,给我印象最深的是什么。我想到了绵竹,想到了水泥板下的地洞,在废墟里的恐怖情景再次出现在我的脑海。虽然已经过去了很久,但是依然让我一身冷汗,我真的是感受太深了!我问老爸:"你经历过大地震吗?"

老爸说:"唐山啊!1976年7月28日,我一生难忘。那天早晨3点40我看见了地震的极光,我听见了砖头撞击的恐怖声音,大楼像豆腐一样在那里扭动,人们撕心裂肺地叫喊。30年过去了,我依然记得那天夜里的情景!"

我问老爸:"地震时人类可以做什么?"老爸说:"黄金三角,可以让你有生的可能。"

我问:"那如果被埋在下面怎么办?"老爸说:"如果你能让别人找到你,你就可以活,找不到,你就被活埋了!等死吧!"

我又问:"怎么才能找到我呢?"

"一种是喊叫或者是敲击,再或者用狗找。"

"什么狗可以找到人呢?"

老爸说:"专业的搜救犬。"

"搜救犬,搜救犬,搜救犬,"我嘴里轻轻地叨叨着。

我看着老爸说:"我们能否做搜救犬试试?"

老爸不说话,开始声嘶力竭地唱汪峰的《春天里》。我想跳车,但是一想歌唱得这么烂,跳车的应该是老爸才对。他终于唱不上去了,看了我一眼说:"嘿嘿!不好意思,我爽了。你刚才说什么来着?"

我知道老爸在明知故问,继续看着窗外自言自语地说:"搜救犬!搜救犬,能找到废墟下的我吗?"

老爸没有直接回答我:"毛主席闹革命的时候,单枪匹马,25年没有进城,最后他赢了。一个北京图书馆的管理员,一个北漂,用了30年的时间拿下了全中国。按照你们玩游戏的指标看,毛主席的武力最多了只有20(在三国游戏里,所有文官武将都有一个聪明值、武力值、忠诚值,武力20基本上就是不会武),训练一只搜救犬比拿下全中国简单吧?"

我看着老爸说:"我想试试。"

老爸问:"为什么?"

我说:"为了生命!"

老爸问:"谁的生命?"

我说:"废墟下人的生命!"

老爸说:"继续说。"

我又喝了一口可乐,说:"你看,我们这一趟的意义是,纪念那些在抗战时期战死的中国军人和美国军人,对吧?他们为什么不要命的冲锋?他们整建制整建制地牺牲,他们为什么?保护国家是军人的责任,他们其实都知道冲锋就意味是死亡!胜元将军和阿汤哥拼死冲锋是为了武士的尊严,他们认为尊严大于生命。我们中国军人冲锋是为了保护国家,他们的死是为了别的中国人的活。中国军人没有日本军人那么有文化,但是他们明白道理。

"按照秋叶原老鬼子的话说:你们打不过我们日本军人。是,我们承认那时日本军人比中国军人强很多。受东方文化影响的东方人都知道自己的生命是属于国家的或者是属于天皇的。两边的军人都是一个想法,多杀一个是一个,一个是杀侵略者,一个是杀被征服者,中日两国的军人都带着仇恨在阵地上想置对方于死地。"

老爸点了一支烟。我继续说:"他们杀的都是对方的生命。中国军人死六个才能杀死一个日本军人,反过来,如果你杀了一个日本军人,就证明你救了六个中国军人,对吗?如果你杀了两个就证明你救了十二个或者更多的中国军人,对吗?如果我们训练搜救犬,如果真的可以救出废墟下的生命,那么我们所做的和那些抗战时期的中国军人是一样的事情,对吗?"

老爸一个急刹车把车停了下来看着我,我手里的可乐洒了一身,向老爸喊:"多浪费啊你!"

老爸说:"你把你的观点论证好,我再给你买一箱可乐!"

我一仰头把剩下的可乐全倒进了嘴里:"你告诉我挣钱不容易啊!"

老爸说:"那一箱可乐不买了!"

我说:"别,别!该花的钱一定要花!"

我继续说:"《拯救大兵瑞恩》的主题是挽救生命没错吧?!《护送钱斯》说的也是尊重生命吧?!《泰坦尼克号》、《肖申克的救赎》,生命too?!那么人类的最高境界是什么?人类最伟大的不应该是杀戮,而是尊重生命。信仰、爱情、理想、主义都应该排在生命的后面才是正确的,也就是说生命大于一切!OK,买可乐去吧!"

那天我撒的尿都是可乐。

一只再次转世的"猴子"——悟空

全世界有各种版本的《西游记》,有老爸小时候看的《大闹天宫》,说的是"造反和革命"的道理。有星爷的《大话西游之大圣娶亲》,用高深莫测的哲学道理加无穷的废话,把500年前的你和500年后的我说得颠三倒四,从500年前的佛说到500年后的呆傻痴茶木的神仙。看懂的人多数是脑残,没看懂的多数是伟大的哲学家。电影里一曲脍炙人口的《only you》唱得"前不见来者,后不见古人。"那"噢——噢——噢"声至今让我毛骨悚然,荡气回肠得让人撞墙,义无反顾地再撞墙!

日本有一个《七龙珠》,里头那个健康、快乐、充满阳光的悟空让我不停地模仿。龟仙人、天津饭、克林、亚姆茶、比克大魔王……动画片里的剧情可能会伴我一生,等我有了孩子,我会给他们唱《only you》,会给他们摆出《七龙珠》里悟空那一个"龟派气功波"的大招式。

回到北京后,我的心一直非常纠结。威廉·芬德利在战争时期不过二十出头,还有那个和我一样大的中国第一代空降小兵。中国远征军里也有很多士兵和我一样的年纪,他们都为了和平、正义、自由,勇敢地搏杀,用生命诠释了生命的价值。我厌恶战争,我害怕死亡。我想学孙立人将军!我拒绝"野人山"!我同时也想和威廉·芬德利一样自由地在天空中飞翔。

在距离北京市区50公里一个三面都是果树的违章建筑里,我们和这个村的村长签了租期15年的合同。我们用了一个月的时间建院墙、盖锅炉房和W.C.、粉刷房屋、平整院子(大约500平米),还挖了一个鱼塘，并设计了院子各地的用处。大门的旁边准备种竹子，院墙四周种各种藤物：葡萄、丝瓜、南瓜，剩下大概有100平米，我准备搭个暖棚，春天的时候培育各种蔬菜。名字么，经过家里人的商量，就叫"常青藤"。

关键是，我们准备迎接我们家另一个新成员"悟空"，一只八个月大的德国牧羊犬。

2010年11月18日那天，我和父亲还有"悟空"正式加入了北京蓝天救援队。没想到的是，我是年纪最小的队员，15岁。其实我入队的时候什么都不会，而且我谁也救不了，真正出任务救援的时候，我最多给队友看个包、拿点水。我知道我的斤两。我爬的最高的山是峨眉山，而且98%的路程都坐在缆车上，就这样我全身还疼了一个月。中考的时候我的体育被扣了4分。不要小看这4分啊，差一分就是一个操场的学生啊。

北京冬天还是非常寒冷的，尤其在郊区刮风的时候。"悟空"无所谓，可是真的苦了我的父母。最严重的问题出现了——自来水冻了！没了水自然就烧不成暖气，室外零下15度，室内零下8度。额滴神啊，整个一个悲惨世界！

老妈最先逃跑了，然后是我，最后就剩下老爸。老爸坚决不撤退。他说他一定会走出"野人山"！开春的时候，老爸居然没有给冻死！他真走出了"野人山"，不过老爸说，冷！真TMD冷！

七龙珠的悟空

中国紧急救援联盟——蓝天救援队

蓝天救援队最早是由一群登山爱好者发起成立的,有两个成立时间,一个是2008年,一个是2010年9月。第一个时间是发起日,第二个是在中国合法注册的时间。中间间隔了2年多,可是在那2年多的注册时间里,"蓝天"的队友参加了无数次的公益救援,也就是说,"蓝天"在这段时间里的公益救援是"不合法"的!按照远山队长的话说,当时为注册所准备的材料足足有近1米高!那是一个多么大的工作量啊,几十万字应该是有了。很长一段时间里,我真的不理解,为什么做公益在中国这么难呢?

在蓝天救援队里,我学习了初级医疗救援。说实话,到现在我也没有弄明白很多的伤和病都是怎么回事。红会马老师一张嘴我就犯困,而且是巨困,真的无奈和无语了。我最喜欢的课是苏教军事教官讲的现代军事手语和野外生存技术课,还有他讲的他们军事五项冠军的经历。我一直梦想去他们老A部队去生活一段时间,我就想知道老A到底有多棒!高三暑假我一定去他们军营训练一段时间,哪怕只做到老Z我也心甘情愿!

我最晕的课就是绳索的使用与攀岩。一根绳子有那么多的使用方法,转来转去。下了课我把课上学的全扔给了茶叶哥。我实在没有攀岩的天赋,如果以后出任务还是让茶叶他们去爬吧。

我和老爸一路走来,认识了不少做公益事业的人,像"关爱老兵"群里的李明辉、(胖哥)李正老师、孙春龙老师、戈叔亚老师、方军老师、叔哥叔叔、余戈老师、马姐、邵海叔、杨素红阿姨、阿唯、宁波岛主、小应、杨国庆、深圳的酒哥、北京的广军、来根、癞子、老蚂蚁、北京老张。在这个团队里,我学会了感恩,学会了尊重,知道了尊严对于一个军人多么的弥足珍贵,一块纪念章足以让一个昔日的抗战军人哗哗流泪。

在蓝天救援队,我们荣幸地认识了远山队长、莉莉政委、许可、曲曲、更新、seven、k9、茶叶、小鼓、过江龙、刘侃、张强、5d、蔫小坏、低调、牙签、呆呆、朱珠、军火、重金属、北极熊、卫星、包子、不灭的传说、鲍鱼、雇佣兵、秦岭、飞翔天空、十八兔子、天华、咸鱼、梓月情、许教练、大熊、多多、麦迪、皮皮、谷歌老爷子、冬冬、哈里、蜗牛、妞妞、金豆、石头、巴顿、土豆、小雪、佐罗……还有很多人我不认识。但是他们一样都是非常优秀的队友。在这些人里有退役军人、警察、学生、公司职员、个体经营者、医生、教师、作家、政府官员等等,各行各业的,可是在公益面前,谁又在乎你是做什么的呢?

我还是走进了"野人山"那茫茫森林,在这个充满危险的胡康河谷里,有一群正直、正义、探索、勇敢、健康,充满对弱势群体关爱的战友们。我和关爱老兵的队员,和蓝天的队员,我们是一群随时准备出没、行走在荒郊野外的人。在中条山、在石碑、在高黎贡山灰坡、在松山、在汶川、在玉树,在所有危险的地段,蓝天队员真的敢冲上去,我相信真的敢!《我的团长我的团》的"炮灰们"再次出现在我身边:龙文章、迷龙、孟烦子、不辣、蛇屁股、豆饼、老兽医、丧门星、阿意、何曙光、克虏伯、老麦、全民协助……在我们前面有昔日的中国远征军、新一军、新六军、光荣的八路军115师,有"虎贲",还有现在的第38军。我们珍藏着他们昔日的辉煌与耻辱,裹挟着他们的勇敢与不屈,攀爬在道德的山峰之巅。

我真的相信,中国关爱老兵群的人们有一天会走进"野人山",去找寻中国远征军的踪迹,找回他们的灵魂,拾起他们的旗帜。

南天门的郑洞国将军、杜聿明将军、戴安澜将军,我一个90后的无知少年,一不小心冲进了你们的队伍,跌跌撞撞地与你们一起万里征程,感谢你们收留了我的身体与理想,我们一起走过了79年的光辉岁月。我太想有我们自己的队伍了!我们这些训练搜救犬的公益人士应该有我们自己的番号,一个响当当的番号。

生命在泥泞里爬行

2011年6月23日,一场罕见的大雨弄得北京交通瘫痪。到处都是积水——低洼处、立交桥下、地下停车场等等,基本都被水淹没了。

我们蓝天救援队远山队长号召大家,密切关注事态发展,并做好出险准备。2011年6月24日凌晨1点,队里发出增援通知,要求北京西部和所有有能力的队员前往北京市西五环晋元桥东南角会合,任务是搜索2名落入水井中的市民。根据110报警记录显示,2名市民因为推车不慎落入下水管道中,生死不明,家属急需各部门帮助搜索。

凌晨2点,我和父亲赶到东南角现场,消防、市政、110警察、蓝天救援队,大家都已经开始搜索了,而且陆续还有人员赶往现场。出事地点距离我们搜索处有4公里,指挥部将搜索队分成几部分:第一组,搜索沿途所有下水井;第二组,根据市政下水排水图纸寻找最后排水池。由于污水井内存有大量的雨水和有毒气体,第一组搜救队根本就不能下井搜救。现场指挥部急调有关水下救援组赶赴现场。

我们隶属于第二小组,搜索污水最后的排放场。根据现场了解的情况,这里曾是一个巨大的挖沙场、后来改成的污水场,面积约5万平米以上,水的深度不详。大雨已将污水场四周的坑墙冲刷得十分危险,搜救又必须下到三十几米的污水口去,并要向大型污水水面搜索。

此时大雨还在不停地下,泥土路异常难走。我们只有靠手电照明、深一脚浅一脚地向污水场走去。到了坑边,远远发现下面有十几把水电在水面四周晃动,而且根本看不到对岸。下到污水口的是一条烂泥路,垃圾污物无数,还没有下到底,我们已经摔了3个跟头了,一股难闻的气体熏得人受不了,我差点就吐出来。黑乎乎的面前忽然出现两个武警,问我们干什么的。我们告诉他们是蓝天救援队的后,马上放行。但是警察将我拦住说:"兄弟你多大?你还是学生吧(手电照射下我的雨衣里露出了校服),你不能下去,下面太危险了,有大水和有毒气体。你在上面路边引导后面赶来的队员行进路线吧,而且要在泥路上给后来的队员做好标志!去!动作要快!"这是我在蓝天得到的第一个命令。我满身泥泞艰难地爬上了坑边,用我找到的所有物品,5米放一个地为后来支援的队员引出一条路标。

一小时后,坑下的队员全部回到地面。大家大口大口地呼吸着氧气,每个人身上都散发着臭气,衣服裤子鞋子基本已经分不清楚了。有一个队员大骂自己的鞋丢了……我给大家递上矿泉水,但是他们都没有喝,全在那里漱口,两箱矿泉水转眼就没了。

休息时,更新队长和消防队商量,分2队再下去,一组在4个排污口处搜索,另外2组沿水面搜索。女队员和小bell在上面待命,没有命令不许下去!4点30分,天渐渐亮了起来,我已经困得头晕目眩,两个阿姨看见我这个样子说,去车里休息一下,有情况我们叫你!

再一睁眼已经是早晨8点了,大批蓝天救援队员赶到了现场,各种设备也已经到齐,警察也在大面积地拉封锁线。更新队长和茶叶他们好像都去上班去了,我换了一个姿势又睡着了。我真的不知道我这算什么救援,真正的救援和我想象的差得太远了。没有真实的技术和胆量简直就是添乱,我连自己的安全都保证不了,救援简直就是玩笑。第2天,得知在污水管道内找到了一个遇难者,第3天在污水场,另一个遇难者浮出水面。

这就是我参加中国蓝天救援队后的第一次救援行动。我感受最深的是,生命在很多时候是那么的脆弱。在平平常常的生活中,两条活生生的生命瞬间就消失了。我不知道威廉·芬德利在爬出飞机摔进稻田里时,是不是和我昨晚一样的狼狈?那些中国远征军的战士们冒雨爬向敌人的阵地时,是不是也和我一样?他们在想什么?他们一定想再冲上去消灭敌人!蓝天救援队的队员在泥泞里想的是什么?找到失踪者,然后把他们带出危险地域。

自　由

　　大雨过后,我和老爸带"悟空"去十三陵水库河滩做体能训练。现在的悟空已经一岁零两个月了,按人类的年龄计算应该是16岁,也就是和我一样大了。它已经是个大小伙子了。每天的散步已经不能满足他的体能要求了。按照德国牧羊犬髋关节理论,他在一岁前不能做急速急跑,如果那样的话会给他的髋关节和膝关节造成毁灭性的损伤,严重的将不得不安乐死!

　　现在散步基本上是我们骑车,他慢跑。到了大河床再让他自由活动。悟空总是快乐地咬着他的绳子,嘴里发出愉悦的哼鸣声。到了水库,远远看见几只非常瘦、速度非常快的猎犬在河床上奔跑。悟空开始亢奋,我感觉到它身体里一种狂野奔腾的欲望在燃烧。那五只灵缇犬也发现了悟空,开始做出邀请加入的身姿。此时的悟空昂头挺胸,尾巴直立,胸腔里也发出了呜呜的声音,不时地回头看我们,希望得到自由。我解开它的脖圈,在那一瞬间,悟空冲了出去,那5只灵缇犬也瞬间加速冲了起来。灵缇犬身体修长、毛短、后腿长,是一种猎犬。被很多人用于赌博,但是更多的人喜爱它的速度。

　　雨后的十三陵水库没有游人,太阳冲出云层撒向大地,水面上一道彩虹跨越水库。5只灵缇犬在原野上飞驰,急转、加速、假动作,我在远处不停地高喊:"悟空!好狗!快!跑起来!"

　　悟空在拼命地追赶那五只灵缇犬。我突然发现,他们不是一群狗,而是巴萨的前锋。他们在快速倒脚,找彼此的空当,传球、做球、急停,瞬间转身把对手甩开,太美了!他们在水中跳跃,钻过芦苇……我家悟空还在奋力追赶,跌倒了再奋然跃起。它好像总是差人家10—20米。我远远地欣赏我家悟空雄健的身姿,它勇敢、狂野,如果悟空是球员的话,他应该是巴蒂斯图塔、C罗或者是鲁尼。他们和巴萨有着完全不同的风格,他们都在追求自己的个性、追求自己冲刺的速度还有假动作,提速、再提速,迅速甩开对手!狗狗们也在追求速度和自由,也应该说他们在追求原野的自由!

我看着那五只灵缇犬和我家悟空,什么是自由、什么是理想,爱你所爱就是!一旦找到自己人生的目标,那就尽情地去追求,哪怕那目标虚无、遥远,哪怕跌倒再次愉悦地爬起来,在人生路上快乐地提速、再提速……

我向悟空、八戒讲"革命"道理

信任的眼光

2011年6月老爸骑车带悟空练体能,一辆不友好的汽车在贴近悟空时突然疯狂地摁喇叭,喇叭声刺激了悟空,结果老爸和悟空摔倒在地,老爸腿上鲜血直流。

一个星期后,悟空后背也发现了伤情,而且已经感染化脓。医生告诉我们两种治疗方法:一是保守治疗,用针管抽出脓液再把药物打入伤口里,但是效果不一定好,时间长;二是手术,效果好,成效快,但是犬做手术是全身麻醉,极有可能犬不能醒过来。

我们决定选择第一个方案,一个星期后再根据情况决定下一步。一个星期后,悟空的病情没有好转而且有变坏的迹象,我们决定手术!而且我和老爸商量,不打麻药手术。手术前,我抱着悟空的头和他说:"兄弟,没有办法,我们只能这样做!你坚持一下,我和爸爸在你身边!你是一个牛仔,一条勇敢的狗!"这时候悟空应该感觉到了手术,而且它应该已经闻到了手术室里血的味道。悟空和我最好,老爸训练他最严厉,我负责从正面抱着悟空的头,老爸抱住他的腰。医生一再说:"抱住了!要不它会咬我们的。"

我抱住悟空的头,轻轻地对他说:"好了,我们开始吧!"在医生下刀的一刹那,悟空的瞳孔急速变大,紧紧地盯着我,鼻子里急促地呼吸着,身体因疼痛挣扎着在那里扭动。忽然,我发现悟空的眼神里除了疼痛以外,还有另一种东西在注视着我,是信任!极度的信任!

因为悟空看见我眼睛里流出了眼泪。10分钟后手术结束,悟空瘫倒在我怀里。

生若夏花　逝若秋叶

这是一名抗战时期的中国军人,他被日军的子弹击中了,他躺在地下。我知道他还没有死,他还在轻轻地呼吸,疼痛已经让他没有任何力气动一下,这个姿势可能是他减少痛苦的最好办法,他现在在想什么?他有什么话要对远方的妈妈和家人诉说,他无力地看着我们,他的战友在哪里?他们是在冲锋还是都已经倒下?是等待就医还是我们部队里根本就没有医生?还是医生已经阵亡?我们什么也帮助不了他,可能医生也帮助不了他,他只有慢慢地在痛苦中死去。在他物理死亡的瞬间,我想他所有的痛苦都已经消失,他全身轻松地化作一道光飞向他的故乡。在故乡的上空凝视一下年迈的父母与年幼的娃,快速地飞向另一个物理空间。他在这个世界消失了,只剩下这张痛苦的照片。

生命与死亡

2012年1月,我和老爸在昌平"常青藤"说着开春院子里都种什么植物和蔬菜,悟空和八戒懒懒地在院子里晒着太阳,一切看上去都那么美好。今天是龙年新年的初三,再过几天就是我17周岁的生日了。

我突然听见悟空和八戒吠叫了起来,而且悟空的叫声里有一点哭腔。我跑出房门一看,悟空和八戒围着我家小猫在转。小猫全身是伤,眼睛已经挂在外面,身体血肉模糊。他是艰难地爬回家的。小猫躺在院子里,轻轻地呼吸着,不时地发出一声哀嚎。那哀嚎里好像带着遗憾,他可能后悔动作就慢了那么一点,就被村外的野狗伏击了。

我和老爸看着小猫。老爸让我拿点水来,我把水放在小猫的嘴边,他已经没有力气站起来了。我向他嘴里洒了几滴水,小猫的嘴微微地动了一下,又发出了一声轻轻的哀嚎,身体下已经流出殷殷的鲜血。老爸说:"完了,他不行了!"

我和老爸蹲在小猫的身边,悟空和八戒远远地看着我们。我看着血肉模糊的小猫,他应该能够感到我们在他身边。他轻轻地呼吸着,爪子在痛苦地一下一下痉挛着。我们没有任何办法帮助他,我看着老爸,说:"怎么办?"

老爸沉思了一下说:"我帮助他一下,你带着悟空、八戒回避一下吧。"

我知道老爸说的"帮他一下"的意思。《最后的武士》里,长谷川将军剖腹时,胜元将军为了减少他的痛苦,斩下了长谷川将军的头颅。我在远处看着老爸蹲在小猫的身边,在和他轻轻地说着什么。老爸站了起来,我转过身去……

　　这只小猫我家从他断奶时就开始养,那时悟空也是一只小狗。他们每天一起吃饭,一起晒太阳,一起玩耍。悟空经常叼着小猫满院子跑,但是从没有伤害过他,最多只是用爪子踩着小猫的肚子,东看西瞧地听小猫嗷嗷叫,或者拿屁股坐小猫。小猫也经常偷袭悟空,悟空的脸上也总是带着猫爪子的痕迹。但是他们俩吃饭的时候从不发生战争,他们在一起度过了一个完整的春夏秋冬。过了一会儿,老爸拿着一把铁锹开始挖坑,在我家院子的角上出现了一个小小的坟头,"入土为安"。

可爱中国救援犬联盟

2011年8月27日,星期六,我们蓝天救援队的队员一早就在"北京凤凰岭国家地震训练场"集合完毕。这个训练场位于北京西北凤凰岭山脚下,占地面积巨大,是中国目前为止最大的废墟训练场。来到废墟前我发现废墟只有大概三四亩地,也就是2000多平米,和整体面积相比较,简直太小了,而且不对外开放使用。

两个月来,我用翻墙软件看了大量的国外搜救犬队的视频。他们不管是民间队伍还是专业队伍,所表现出来的职业性让我感到惊讶。简陋的器材,认真而专业的态度,让我感到,要想建立一支专业而且敬业的队伍,首先在建队理念上要到位,然后才是技术,再然后才是训练。

2011年夏天,在中国动车事故现场,竟然没有一条搜救犬!回顾美国9·11事故现场,我发现了我们中国与美国救援队的巨大差距!在几万平米的世贸大厦现场,竟然有200条工作犬在搜索!而且来自不同的犬队。在中国汶川的地震现场,我们国家以及国外支援犬队一共派出了不到80条犬!可是汶川地震的面积大概是9·11现场的1000倍。

汶川地震那年我只有13岁,对死亡只是一个数字概念。那次我捐了700RMB,但是当我真正躺在绵竹的废墟下面时,我发现我真正需要的是搜救队和搜救犬能够找到我。我多么希望有一只犬在我头顶上吠叫,然后听到有人在上面喊:"下面有人吗?"我会向犬愉快地抛出手中的球,用快乐的语气向找到我的犬说:"好孩子,你真棒!好狗,你是条好狗!"

我们是赶时间成立一个队伍去炫耀,还是赶时间拯救一条生命?我们要的应该是后者!我现在明白了,16年前天使那天籁般的声音——"去吧孩子,去做你该做的事情"的含义!上天啊!你派美丽的天使拯救我的生命,为的是让我也去拯救别人的生命!好,你救过我一次生命,我就要还给你十条生命!在绵竹的废墟里,在生与死的那一刻,我真的看见了自己的灵魂。

我要和我们的那些朋友组建一个搜救犬队,我们还要去建立一个废墟,要和国家队的废墟一样大!甚至要比他们还大!

2011年9月11日,我们合理但是不合法的组织"可爱中国救援犬联盟"成立了。我和大家找了不少相关的法律文件,也去了北京民政局服务大厅。奇怪的是,我们竟然找不到可以挂靠的上级单位,我们的搜救犬组织竟然没有一项法律涵盖我们!我们又成了"野人山"的野鬼了! 中国现行法律规定:所有民间公益团体和组织必须由政府部门负责管理和领导才可以组织运作,否则就是非法组织或者团体,政府随时可以取缔我们。也就是说中国根本就没有NGO。

反正也找不到管理我们的单位,也可能谁都不管我们,谁也不爱管我们,以后谁愿意管我们就让他们找我们来吧,我们是不想费那个力气跑来跑去了。我们想也可能这样就是合法组织了。我们把所有力气都用在了建设网站和技术环节上,网站忙活了两个月,钱也花了,转了半个中国,最后得到政府的答复是"不能批准"!

我们的网站转了半个中国,最后又转了出去,现在又只好从国外再转回中国,我想不明白,怎么我们想给国家做贡献,国家还不批准呢?国家现在不是反复倡导雷锋精神吗?怎么违法的事情不能干,好事也不能干?难道爱国都是领导和专家的事情不成?我们想做公益的人的任务就是打酱油?一个爱国举动怎么搞得那么复杂啊?累不累啊?!

2011年年底,我和"可爱中国"的队长K9叔,来到北京南郊采育镇名士犬舍拜会李明庆先生。他原来是中国国家队一期和二期的搜救犬教官,K9和他是老朋友了。我是第一次见他,我们都叫他李总。李总非常和善,一再强调不要"总""总"的,大家以后不好相处,后来我就叫他李叔。

中午,我们和李总在村里简单吃了一顿便餐,就在他们的会客室谈起了"可爱中国"的发展方向和运作模式。老爸是那种性格简约的人,K9叔也是个性情中人,礼节话没有超过10句,大家就直接进入了主题。李叔大概听了一下我们的发展模式,马上提出了4点:

1,是不是公益性质;

2,最后"可爱中国"发展的专业程度;

3,自闭型还是开放型;

4,法律手续的合法性。

李叔过去是个军人,在军队里服役了18年,话语间带着军人的简约、直接。我喜欢这样的表达方式,不像有的大人说话含蓄得一塌糊涂,谦虚得、虚伪得不知道他说的最终思想是什么。李叔说他最近读了许多关于"佛"和人生观信仰的书,觉得过去自己很自私,现在想改变自己做人做事的态度,想找一个好活动或者项目,用自己的专业知识回报社会、完善自己。

最后他们提到了雷锋。社会上有人说,雷锋是那个时代的精神偶像,也有人认为雷锋是那个时代的SB,然后大家非常认真地谈SB精神。如果说雷锋是SB,那么佛是什么?如果你说佛是SB,那么佛会怎么回答你?佛会在菩提树下微笑着说:"在智慧的彼岸全都是SB。你们训练的犬不都是SB吗?你们这些训练员不是更大的SB?当你们从废墟里将幸存者救出来的时候,谁还会说你们是SB?西方彼岸的耶和华在墓里被埋了一天两夜,被天使救走,那么你能说那个天使是SB吗?"

李叔一开始说话的语气是,你们组织怎么样怎么做,到最后变成我们的公益组织,我们以后怎么做。原本我们想请他做教官,争取费用能够少点儿,没想到从一开始李叔就说:"如果是教课和培训搜救犬队员,我一分不收!"他还可以再把过去那些训搜救犬高手也请过来,一起加速把中国的搜救犬事业做起来。

四个小时的谈话,我们最后达成了"SB共识",所有教官教课是免费的,所有教材无偿发放给队员。我们"可爱中国"唯一的民间废墟训练场将向全中国所有训练搜救犬的人士免费开放!哈哈,我们要做一群高尚的SB……

钟声与美国加州消防基地keith教官

坑 爹

在抗战时期,我们的许多军人其实就是穿上军装的农民,没有打过枪,没有基本的军事知识,虽然抱着保卫国家的一腔热情开赴战场,但是面对训练多年的日本职业军人,我们的许多军人看见敌人时已经被枪炮击中,有许多甚至根本就不知道敌人在哪里就牺牲了。1937年,八路军115师军人的枪里只有5发子弹,打完3发就得刺刀上枪,然后就是亡命冲锋。我们在抗战时期有多少这样的情况?这样的情况应该不在少数,战争中的大量减员和这个有极大的关系。

1942年第一次远征后,在印度的兰姆加军事训练基地,我们的士兵开始按照美军的要求进行现代军事训练。按照美国士兵训练条例,一个迫击炮兵必须经过200枚实弹射击才可以上战场,一个机枪手必须完成多少发子弹的射击才可以编入战斗部队。在10年前,美国打伊拉克和阿富汗的战争中,美国军队在美国的军事训练场搭建了一个与伊拉克和阿富汗完全一样的村子,每天在这个村子里都有无数的美国士兵在这里进行实战训练,然后经过考核后再开赴真实的阿富汗和伊拉克战场。这样做的效果是既提高了士兵的作战效能,又能很好地保护士兵的生命。

一只成熟的救援队其队员不光应该有高尚的公益心,而且需要有专业的救援技术,大量救援的理论知识。那么一只专业的搜救犬队伍需要有几项关键的要素构成:

1,专业的带犬人
2,专业的助训员

3、非常适合做搜救犬的犬只

4、训练大纲和训练文字资料

5、国外的训练视频

6、专业的搜救犬教师(中、外)

7、训练科目必备时间

8、专业的训练场地(和灾区极为相似的废墟场地,废墟搜救犬)

9、定期的考核制度

10、实战时的各项人员的搭配(通讯、医疗、后勤)

在近几年的时间里,中国各地的爱犬人士都曾组织过几个民间搜救犬队伍,但是最后都是因为教材、教练、场地、资金等问题未能继续下去。我们"可爱中国救援犬联盟"一样会遇到这些问题。教材我们可以向全世界的搜救犬组织去寻求帮助,教练有国家队李明庆教官,犬只基本都已经到位,现在最大的问题就是一个模拟真正灾区的训练场地。我和老爸又坐进了小红马,我把建立废墟的想法向老爸提了出来,希望得到老爸的支持和帮助。不光是钱的问题,其他的,如租土地、地点、图纸设计、施工,都需要得到老爸的全力加入。

从2011年夏天开始,我们又像回到了古北口长城脚下一样,满世界找地点。我们把十三陵附近的土地都找了一个遍,很多原因造成合作上的失败:价格问题、国家关于农耕地的保护问题等等。在中国,很多事情是合理不合法或者是合法不合理的。经过一个月的无效劳动,我们把目光盯上了那些废弃的沙石坑。过去很多人偷偷地挖沙去卖,造成了北京郊区有很多废弃的大坑,而且政府现在也没有回填能力,结果这些沙石坑就放在那里,完全没有使用价值。

2011年11月,我们终于找到了一个非常理想的废弃大坑,经过一个月的谈判,我们和"地主"达成了协议。签协议的那天,老爸把自己的QQ的名字改成了现在非常流行的一个词"坑爹"。我和老爸、悟空、八戒蹲在大坑前,我们谁也不说话,就这样蹲了足足30分钟。我向悟空、八戒说道:"游散!"他们俩立刻开始在大坑四周留下他们的气味。我看着大坑问"坑爹":"我们能成功吗?"

"坑爹"一边转身一边说:"1933年至1945年,我被你的理想绑架了。"

我说:"后悔了?"

"坑爹"没有回答我,走到几万平米的河床中间就开始鬼哭狼嚎地唱beyond的《海阔天空》:

今天我　寒夜里看雪飘过
怀着冷却了的心窝漂远方
风雨里追赶　雾里分不清影踪
天空海阔你与我　可会变

多少次　迎着冷眼与嘲笑
从没有放弃过心中的理想
一刹那恍惚　若有所失的感觉
不知不觉已变淡　心里爱

原谅我这一生不羁放纵爱自由
也会怕有一天会跌倒
背弃了理想　谁人都可以
哪会怕有一天只你共我

仍然自由自我　永远高唱我歌
走遍千里

原谅我这一生不羁放纵爱自由
也会怕有一天会跌倒
背弃了理想　谁人都可以
哪会怕有一天只你共我

　　我远远地看着"坑爹"在那里撕心裂肺,悟空和八戒愉快地围着他上蹿下跳。我再次向"坑爹"喊道:"没有后援怎么办?"
　　"坑爹"一边抬起右手左右摇摆,一边伸出他的小手指!
　　我小声地骂道:"坑爹!你大爷!"

多年父子成兄弟

发向全世界的求救信

2011年12月11日,我们"可爱中国救援犬联盟"的网站转了半个地球终于登陆了,因为使用国外空间,在百度上根本就搜不到我们,可是谁又在乎呢?反正我们在地球上注册了!现在我们有如下的分队:

1,河北邹瑜队长:曾带犬参加汶川地震救援,马犬2条
2,湖南刘侃:酷爱训犬的公司小职员,可卡犬一条、苏牧一条
3,湖南五月:一个小生意人,罗威纳犬一条
4,贵州山水老师:现役警察,金毛一条
5,上海苯苯:现役警察驯犬员,德牧一条
6,山西蓦然老师:现役警察,驯犬部队指导员,马犬四条
7,四川灵狐:2008年大地震幸存者,史宾格犬一条、拉拉一条
8,我、Bell:北京师大二附中高二学生,德牧一条
9,北京坑爹:失败生意人、失败艺术家,金毛一条
10,王珊老师:女专业驯犬师,马犬一条
11,方圆:北京工业大学耿丹学院大一学生
12,……

分队成立后有几大问题需要解决:

1,队员太分散,不能很好集中,必须按教材分头训练;
2,没有完整的系统的驯犬教材,以及考核标准;

3．如何将搜救犬队长期坚持下去，成为梯队性工作队。

在如何驯犬的问题上，大家在YY里讨论了三天三夜，最后结论是去找国外成熟的搜救犬队伍，向他们请求支援。大家又七嘴八舌地写了一个邮件，发现都不会英语，会也是很简单的生活用语，最后我比较自傲地提出，我可以承担翻译工作并可以做对外联络官。随后大家都去找世界各国的搜救犬组织的邮箱，竟然乱七八糟地找到了100多个地址，于是，我把邮件发向了全世界……也不知道地址对不对，也不知道人家能不能看懂，也不知道对方会不会给我们回信，反正我让子弹统统飞了出去，打着谁算谁！

第一个被"击中"的是香港搜救犬队祖飞先生。再一个被"击中"的是苏格兰搜救犬队，还有一封回信我都不知道是哪个国家的。大量的视频、教材、视频链接发到我的邮箱里，我晕了，怎么翻译？看都看不完！大家又在YY里吵了3天，最要命的问题摆在眼前——系统训练，只有做到系统、综合的训练才能成为一支合格的搜救犬队。

《梦想和你一起飞翔》的威廉·芬德利再次驾驶P-38呼啸着飞进我的天空！"美国国家救援犬训练基地"！在他们的回信里，所有的驯犬理念和系统教材完全符合我们心中的要求！并可以每周通过网络视频对我们进行培训。

1942年，当孙立人将军带着新38师进入印度后，在兰姆加盟军训练基地里，美国军队的先进武器、先进军事理念把中国新一军变成了一只对日军来说的"恐怖之师"！这支军队再次挥师"野人山"，完胜日本主力第18师团，王牌对王牌，最后中国人在强大的后援保障下，赢得了最后胜利！

我们看到了胜利的曙光！

废 墟 上

2012年的第一个春天比往年都来得晚一些,我们等待着春暖花开,我们焦急地等待着废墟开工的条件。我们"可爱中国救援犬联盟"将建立中国第一个民间废墟训练场,我们的训练场将向全中国所有要训练搜救犬的人士免费开放。我们在和时间赛跑,我们将在下次大地震出现时挽救生命。我们明白,我们不能阻止地震灾难的发生,我们现在只能被动地接受地震灾难给我们带来的伤害。我知道在恐怖的废墟下还是有生存的空间,那个让我毛骨悚然的水泥洞、那个天堂与地狱之间的狭小通道里,我听见了哈姆莱特的生与死的告白,在高黎贡山的"美丽教堂"边,威廉让我看见了自己的灵魂,那个抱着我游历天堂的天使再次飘过我的天空。

美国FEMA的M太太2012年2月6日来信:"如果你们真的想训练搜救犬,如果你们真的敢于挑战,如果你们真的热爱你们人民的生命,那么你们来美国吧,我们无条件教会你们!"那个敢于挑战"驼峰航线"的唐纳德将军,那个一头栽倒在灰坡的美国少校梅姆瑞,那个拿皮鞋砸死饭岛君的威廉·芬德利,那个敢于和胜元将军一起冲锋的阿汤哥,那些全部战死的川军团的"杂碎"们,他们最伟大、最让我们后人敬佩的是:"他们敢当!"

我给他们回信:"只要你们教我们,别说美国了,月亮我们都去!等着! 我们6月份肯定到!"谁怕谁?!

附录一：父辈们的旗帜
（正面战场部分阵亡将领名单）

佟麟阁上将(追授)，二十九军副军长，一九三七年七月二十八日，北京南苑

赵登禹上将(追授)，一三二师师长，一九三七年七月二十八日，北京南苑

郝梦龄上将，九军军长，一九三七年十月十六日，山西忻口

饶国华上将，一四五师师长，一九三七年十一月三十日，安徽广德(自杀)

王铭章上将(追授)，一二二师师长，一九三八年三月十七日，山东藤县

张自忠上将(追授)，三十三集团军总司令，一九四〇年五月十六日，湖北南瓜店

唐淮源上将，三军军长，一九四一年五月十二日，山西悬山

李家钰上将，三十六集团军总司令，一九四四年五月二十一日，河南秦家坡

刘家麒中将，五十四师师长，一九三七年十月十六日，山西忻口

吴克仁中将，六十七军军长，一九三七年十一月九日，上海松江

夏国章中将，一七二师副师长，一九三七年十一月二十一日，浙江湖州

吴国璋中将，七十五师副师长，一九三七年十一月二十六日，浙江湖州

肖山令中将，宪兵副司令，一九三七年十二月十二日，江苏南京

刘震东中将,第五战区第二路游击司令,一九三八年二月二十二日,山东莒县

周元中将,一七三师副师长,一九三八年五月九日,山东蒙城

李必蕃中将,二十三师师长,一九三八年五月十四日,山东菏泽(自杀)

方叔洪中将,一一四师师长,一九三八年六月,山东冯家场

冯安邦中将,四十二军军长,一九三八年十一月三日,湖北襄阳

李国良中将,军训部辎重总监,一九三九年三月七日,陕西西安

张健行中将,第一战区副参谋长,一九三九年三月七日,陕西西安

陈安保中将,二十九军军长,一九三九年五月六日,江西龙里

马玉仁中将,江苏第一路游击司令,一九四〇年一月三日,江苏望乡台

丁炳权中将,一九七师师长,一九四〇年一月二十五日,江西武宁

郑作民中将,二月军副军长,一九四〇年二月三日,广西昆仑

关钟毅中将,一七三师师长,一九四〇年五月九日,湖北苍台(自杀)

戴民权中将,豫南游击第五纵队司令,一九四〇年五月,河南遂平

王竣中将,新二十七师师长,一九四一年五月九日,山西台寨

寸性奇中将,一十二师师长,一九四一年五月十三日,山西毛家湾

石作衡中将,七十师师长,一九四一年九月六日,山西绛县

赖传湘中将,一九〇师副师长,一九四一年九月二十四日,湖南梁家段

李翰卿中将,五十七师步兵指挥官,一九四一年九月二十七日,江西上高

武士敏中将,九十八军军长,一九四一年九月二十九日,山西东峪

朱士勤中将,暂三十师师长,一九四二年五月四日,山东潘庄

戴安澜中将(追授),二百师师长,一九四二年五月二十六日,缅甸茅邦村

周复中将,鲁苏战区政治部主任,一九四三年二月二十一日,山东城顶山

彭士量中将,暂五师师长,一九四三年十一月十五日,湖北石门

许国璋中将,一五〇师师长,一九四三年十一月二十一日,湖北诹市(自杀)

孙明瑾中将,预一十师师长,一九四三年十二月一日,湖南常德

王甲本中将,七十九军军长,一九四四年九月七日,湖南东安

阚维雍中将,一三一师师长,一九四四年十一月十日,广西桂林(自杀)

陈济恒中将,桂林防守司令部参谋长,一九四四年十一月十日,广西桂林(自杀)

齐学启中将,远征军新三十八师副师长,一九四五年五月十三日,缅甸仰光

高志航空军少将,驱逐司令,一九三七年十一月二十一日,河南周家口

姚中英少将,一五六师参谋长,一九三七年十二月十二日,江苏南京

司徒非少将,一六〇师参谋长,一九三七年十二月十二日,江苏南京

邹绍孟少将,一二四师参谋长,一九三八年三月十七日,山东藤县

赵渭滨少将,一二二师参谋长,一九三八年三月十七日,山东藤县

范庭兰少将,豫北别动队第五总队总队长,一九三八年三月二十八日,河南修武

刘桂五少将,骑兵第六师师长,一九三八年四月二十二日,内蒙黄油干子

黄启东少将,二十三师参谋长,一九三八年五月十四日,山东菏泽(自杀)

付忠贵少将,鲁北游击司令,一九三八年九月二十三日,山东

林英灿少将,一五二师副师长,一九三八年一月十三日,广东清远

王禹九少将,七十九军参谋处长,一九三九年三月二十六日,江西高安

张唐聚五少将,东北游击司令,一九三九年五月十八日,河北平台山

韩炳宸少将,山东第十三区保安副司令,一九三九年一月九日,山东莱阳

张敬少将,三十三集团军高参,一九四〇年五月十六日,湖北南瓜店

梁希贤少将,新二十七师副师长,一九四一年五月九日,山西台寨(自杀)

陈文杞少将,新二十七师参谋长,一九四一年五月九日,山西台寨

金崇印少将,十七军参谋长,一九四一年九月十六日,山西横水镇

朱实夫少将,新三师副师长,一九四一年九月二十五日,甘肃

郭子斌少将,暂三十师副师长,一九四二年五月四日,山东潘庄

王凤山少将,暂四十五师师长,一九四二年六月二十三日,山西张翁村

胡义宾少将,九十六师副师长,一九四二年七月,缅甸埋通

　　张庆澍少将,鲁苏战区高参,一九四二年八月,山东唐王山

　　张少舫少将,一一三师参谋长,一九四三年二月二十一日,山东城顶山

　　高道先少将,山东铁道破坏总队长,一九四三年五月,山东

　　江春炎少将,一一四师参谋长,一九四三年七月四日,山东邹县

　　卢广伟少将,骑八师副师长,一九四四年五月五日,安徽颍上

　　陈绍堂少将,一〇四师步兵指挥官,一九四四年五月二十一日,河南秦家坡

　　周鼎铭少将,三十六集团军副官处长,一九四四年五月二十一日,河南秦家坡

　　王剑岳少将,八师副师长,一九四四年六月,河南灵宝

　　吕旃蒙少将,三十一军参谋长,一九四四年十一月十日,广西桂林

　　胡旭盱少将,第三战区第一突击队司令,一九四五年六月浙江孝丰

　　左权将军,十八集团军副总参谋长,山西辽县

　　国民革命军新编第四军

　　罗忠毅,新四军六师参谋长,一九四一年十一月二十八日,江苏溧阳

　　彭雄,新四军三师参谋长,一九四三年在月十七日,江苏连云港

　　彭雪枫,新四军四师师长,一九四四年九月十一日,河南夏邑八里庄(死于国共冲突)

　　陈昭礼,全国战地动员委员会委员,少将,一九四〇年八月十三日,崇安吴公岭(死于国共冲突)

　　李学忠,第二军政治部主任,一九三六年八月,吉林抚松

　　王德泰,第二军军长,一九三六年十一月,吉林蒙江

夏云杰，第六军军长，一九三六年十一月二十六日，黑龙江汤原

宋铁岩，第一军政治部主任，一九三七年二月十一日，吉林蒙江

陈荣久，第七军军长，一九三七年三月五日，黑龙江饶河

金正国，第十一军政治部主任，一九三八年五月，黑龙江桦川

刘曙华，第八军政治部主任，一九三八年八月二十二日，黑龙江勃利

李延平，第四军军长，一九三八年十一月二十日，黑龙江五常

王光宇，第四军副军长，一九三八年十二月，黑龙江五常

王克仁，第五军代理政治部主任，一九三九年四月二十三日，黑龙江穆棱

侯国忠，第一路军第三方面军副指挥，一九三九年八月二十四日，吉林安图

杨靖宇，第一路军总司令兼政委，一九四〇年二月二十三日，吉林蒙江

曹亚范，第一路军第一方面军指挥，一九四〇年四月八日，吉林蒙江

王汝起，第二路军一支队支队长，一九四〇年五月二十一日，黑龙江饶河

赵敬夫，第三路军三支队政委，一九四〇年七月二十日，黑龙江德都

高禹民，第三路军第三支队政委，一九四〇年十二月一日，内蒙古阿荣镇

陈翰章，第一路军第三方面军指挥，一九四〇年十二月八日，吉林宁安

汪雅臣，第十军军长，一九四一年一月二十九日，黑龙江五常

张忠喜，第十军副军长，一九四一年一月二十九日，黑龙江五常

魏拯民，第一路军副司令，一九四一年三月八日，吉林桦甸

郭铁坚，第三路军第九支队参谋长，一九四一年九月二十日，内蒙古莫力达瓦旗

赵尚志，第二路军副总指挥，一九四二年二月十二日，黑龙江鹤岗

许亨植，第三路军总参谋长，一九四二年八月三日，黑龙江庆城

齐学启将军，新三十八师副师长，垫后掩护主力转移并沿途收容伤兵，被日军偷袭，伤重被俘，后在仰光战俘营被汉奸刺杀身亡。

吴一彬将军少将，第五军九十六师副师长，一九四二年六月二十七日，缅甸埋通牺牲。

林泽明将军少将(追授)，第九十六师二百八十八团团长、腊戌警备副司令，一九四二年四月，缅甸平满纳会战牺牲。

柳树人将军少将(追授)，第五军二百师五百九十九团团长，一九四二年五月，缅甸牺牲。

李著林将军少将，滇缅警备司令、远征军兵站参谋长，一九四三年夏，缅甸牺牲。

陈凡将军少将，远征军司令长官部高参，一九四四年一月三十一日，缅甸牺牲。

张健洪将军少将，第五军高级参谋，一九四四年一月三十一日，缅甸牺牲。

附录二：
抗战结束后中国大陆纪念抗战军人与遗址纪念馆（碑、墓）地点

安徽
* 安徽合肥，梁园抗日阵亡将士陵园（合肥梁园镇邓岗村）

广东
* 广东从化，陆军第六十二军第一五七师抗战阵亡将士纪念碑，民国三十二年建于良口镇牛背脊山麓，1987年迁至温泉镇森林公园
* 广东从化，陆军第六十三军抗日阵亡将士公墓
* 广东番禺，广州市区抗日游击第二支队司令部旧址
* 广东广州，广州市十九路军淞沪抗日阵亡将士陵园
* 广东广州，陆军新编第一军印缅阵亡将士公墓
* 广东广州，五十四军赴印缅作战阵亡将士纪念亭（东山区永福路）

广西
* 广西上林，上林抗日纪念亭
* 广西邕宁，邕宁抗日将士阵亡将士纪念塔（邕宁县）

贵州
* 贵州贵阳，国民革命军第一〇二师抗日阵亡将士纪念碑
* 贵州铜仁，铜仁抗日阵亡将士纪念碑

黑龙江
* 黑龙江牡丹江，八女投江纪念碑

* 黑龙江双鸭山,十二烈士山

湖南

* 湖南长沙,七十三军抗日阵亡将士公墓(岳麓山)
* 湖南长沙,岳麓山,麓山忠烈祠(湖南师范大学)
* 湖南常德,常德会战阵亡将士纪念坊(陆军七十四军)
* 湖南慈利,慈利县抗日阵亡将士纪念碑
* 湖南衡阳,南岳忠烈祠抗日阵亡烈士总神位(南岳衡山),中国大陆唯一纪念抗日阵亡将士的大型陵园
* 湖南衡阳岳屏山,衡阳抗战纪念城
* 湖南隆回,湘西会战抗日阵亡将士墓
* 湖南湘潭,湘潭抗日阵亡将士纪念碑(湘潭市学坪街)
* 湖南溆浦,龙潭抗日阵亡将士陵、龙潭抗战遗址(溆浦龙潭旅游区)
* 湖南芷江,中国人民抗日战争胜利受降纪念馆

江苏

* 江苏南京,侵华日军南京大屠杀遇难同胞纪念馆
* 江苏南京,国民革命军阵亡将士公墓(北伐战争、抗日战争)
* 江苏南京,航空烈士公墓
* 江苏南京,菊花台九烈士墓
* 江苏苏州,马岗山抗日阵亡将士陵墓

江西

* 江西上高,上高会战抗日阵亡将士陵园

内蒙古

* 内蒙古呼和浩特,抗日阵亡将士公墓纪念碑

青海

* 青海西宁,抗日阵亡将士纪念亭

四川
* 四川德阳,德阳抗日阵亡将士纪念碑(房湖公园内)
* 四川宜宾,赵一曼纪念馆
* 四川建川博物馆抗战纪念馆

上海
* 上海淞沪抗战纪念馆(上海市宝山区临江公园)
* 四行仓库(上海市闸北区光复路1号)

重庆市
* 重庆渝中区,抗战胜利纪功碑(1949年,改名为"重庆人民解放纪念碑")
* 重庆渝中区,重庆市消防人员殉职纪念碑

云南
* 云南保山,滇西抗日阵亡将士纪念碑
* 云南潞西,滇西抗日阵亡将士纪念碑
* 云南腾冲,国殇墓园
* 云南腾冲,滇缅抗战博物馆

浙江
* 浙江杭州,国民革命军第八十八师淞沪抗日阵亡将士牌坊(杭州西溪路)

河南
* 河南内乡,国民革命军陆军第十三军抗日阵亡将士纪念碑(菊潭公园)

——以上统计来自维基百科

网友xcj6214补充:
* 北京长城抗战古北口战役阵亡将士公墓
* 北京卢沟桥赵登禹烈士墓

* 宛平县人民八年抗战为国牺牲烈士纪念碑遗址纪念碑
* 湖北第十八军十一师石碑要塞纪念碑及烈士公墓
* 海军马口抗战阵亡将士纪念碑
* 湖南陆军七十三军抗战阵亡将士墓
* 广东中山县抗战殉难先烈墓
* 福建东山抗战烈士陵园
* 山西华灵庙抗战纪念馆
* 江西庐山抗战纪念馆
* 吉鸿昌将军纪念馆
* 广西壮族自治区桂林市七星公园三将军和八百壮士墓
* 广西壮族自治区南宁市宾阳县思陇镇昆仑关阵亡将士墓园
* 安徽省合肥市肥东县梁园镇梁园抗战纪念碑
* 广西壮族自治区崇左市宁明县那拉山烈士陵园
* 广西壮族自治区南宁市青秀山广西学生军抗战烈士纪念碑

附录三：被击毙的日军将领

根据北京中央编译出版社出版的《血祭太阳旗》一书(该书的许多资料都是从日本方面的文献直接翻译的)，在华毙命的日军将领共有一百二十九名，其中大部分是被击毙的。

林大八，陆军少将，1932年3月1日，死于上海。

仓永辰治，陆军少将，1937年8月29日，死于上海吴淞。

家纳治雄，陆军少将，1937年10月11日，死于上海。

浅野嘉一，陆军少将，1937年11月14日，战伤致死于天津。

加藤仁太郎，海军少将，1938年7月31日，死于长江下游。

杵春久藏，陆军少将，1938年8月2日，死于山西运城。

饭冢国五郎，陆军少将，1938年9月3日，死于江西德安。

小笠原数夫，陆航中将，1938年9月4日，坐机于湖北孝感被击毁。

饭野贤十，陆军少将，1939年3月22日，死于南昌。

山田喜藏，陆军少将，1939年5月12日，死于湖北大洪山。

田路朝一，陆军中将，1939年6月17日，死于安徽南部。

小林一男，陆军少将，1939年12月21日，死于内蒙古安北。

中村正雄，陆军中将，1939年12月25日，死于广西昆仑关。

秋山静太郎，陆军少将，1940年1月23日，死于山东。

左藤谦，陆军少将，1940年3月2日，死于江西鄱阳湖。

木谷资俊，陆军中将，1940年3月20日，死于江西。

水川伊夫，陆军中将，1940年3月22日，死于内蒙古五原。

前田治,陆军中将,1940年5月23日,死于山西晋城。
藤堂高英,陆军中将,1940年6月3日,死于江西瑞昌。
大冢彪雄,陆军中将,1940年8月5日,死于晋东南。
井山官一,陆军少将,1940年10月16日,死于湖北宜昌。
大角芩生,海军大将,1941年2月5日,坐机于广东中山被击毁。
须贺彦次郎,海军中将,1941年2月5日 坐机于广东中山被击毁。
上田胜,陆军少将,1941年5月13日,死于山西中条山。
山县业一,陆军中将,1941年12月25日,死于安徽。
酒井直次,陆军中将,1942年5月28日,死于浙江南溪。
冢田攻,陆军大将,1942年12月18日,死于安徽太湖。
藤原武,陆军少将,1942年12月18日,死于安徽太湖。
浅野克己,陆军少将,1943年5月,死于广东东江。
仁科馨,陆军少将,1943年6月1日,死于湖南。
黑川邦辅,陆军少将,1943年6月28日,死于云南。
布上照一,陆军少将,1943年11月23日,死于湖南常德。
下川义忠,陆军中将,1944年4月19日,死于湖北应城。
横山武彦,陆军中将,1944年6月11日,死于浙江龙游。
木村千代太,陆军中将,1944年6月11日,死于河南。
和尔基隆,陆军少将,1944年7月21日,死于湖南衡阳。
大桥彦四郎,陆军少将,1944年7月25日,死于湖南长衡会战。
左治直影,陆军少将,1944年7月27日,死于湖北荆州。
志摩源吉,陆军中将,1944年8月6日,死于湖南衡阳。
藏重康美,陆军少将,1944年8月16日,死于云南腾冲。
南野丰重,陆军少将,1944年9月8日,死于云南芒市。
与野山寿,陆军少将,1945年2月9日,死于华中。

山县正乡,海军大将,1945年3月7日,死于浙江椒江。

日本靖国神社现有记录为2325128名日本军人在二战中阵亡,其中在中国战场死亡人数应该是60万人。

代 后 记

不久前名古屋河村隆之君的狗屎嘴,实在是丢我的脸,不要再讨论南京大屠杀的问题了,所有的日本人都应该首先解决北方四岛和美国驻军的问题。南京大屠杀的问题,以后我们中国会给你们答案和解决方法的。

我前世是一个海洋生物爱好者,曾发现了大约200余种新生物,本应该在学术上可以有所出息,可我偏偏却是一个"官二代"。我爹是一个病秧子、药罐子,就是日本大正天皇,他"崩御"后,我就成为了日本第124代天皇,我的年号是"昭和"。"昭和"一词取自中国《尚书》中的"百姓昭明,协和万邦"一句,字面意思就不用解释了。非常惭愧,我的所作所为离《尚书》的原意差得实在太TM远了,邪恶和环境把我们日本民族推向疯狂,推向杀戮,推向无人类。

那时我们日本天皇的配偶都必须从皇族公卿的"五摄家"中选择,所以我是一个近亲产物。这样也就是我一些身体先天不足的原因,其中最让我头疼的是我不能唱卡拉OK而且还有点斗鸡眼。(虽然不是很斗,但是还是斗的。)作为一个先天柔弱的我,6岁时竟然被送到了"肉弹将军"乃木希典陆军大将那里去做学生,后又被送到东乡平八郎海军大将那里,我不明白那时的日本人为什么那么"尚武",而且个个都是生猛海鲜级人物!在我年少时我的乃木希典老师就开始忽悠我如何抢人家的东西,我身边没有一个文化人,全是一群就会打仗、顾头不顾腚的恶魔,借我阿罗修手打开了一个嗜血如命、杀戮不休的"地狱"三恶道之门,我们的民族滑向无天、无地、无法、无道的阿鼻地狱。

　　1989年我结束了漫长恐怖而且残暴的前世,遁入六道之"饿鬼门"。后于2003年在中国青海省达日县桑日麻乡偏远山区转世,我现在的名字是佐助平措,我有五个兄弟姐妹,我排行老四,我现在的父母都是贫穷的牧民,他们去了大城市打工已经好几年了,我几乎已经快把他们忘了,我每天上学和妹妹要走3个小时的山路,我们每天只有3元钱的饭费,我家没有电视、没有电脑,只有年迈的老奶奶。

　　奶奶是一个虔诚的佛教徒,她告诉我说"我的今生将受到:生苦、老苦、病苦及死苦的折磨",我们生活在这个社会的最底层,我们渴望政府给我们更多的爱护和资助,我们不太关心那些主义和理想化的口号,我们只是希望得到起码的关爱,也许这些都是我的奢望。看着那些政府官员在腐败,我的口水不停地流了出来,我不知道天下为什么有那么多奇怪,感叹我的前世和今生都是那么的完败。

　　今生的转世只是我前世救赎轮回的一站,随后我将在朝鲜、中国台湾、缅甸、泰国、菲律宾、美国夏威夷、马来西亚、越南、新加坡、马绍尔群岛、俄罗斯多次转世,500年后在"缘"的指引下在日本国京都市回归故里结束轮回。虽然我逃出了战争责任,但是我逃不出六道轮回的天法。

佐助平措(小名裕仁)